FKB

平山夢明監修

怪談五色

破戒

我妻俊樹
川奈まり子
丸山政也
渋川紀秀
福澤徹三

竹書房文庫

前口上

我妻俊樹

世界は恐怖に満ちている。私たちは皆それなりの歳月を現世に過ごしてきて、そのことを心のうちで熟知しているようです。

両足が踏んでいるのはつねに薄氷であり、綱渡りの綱であり、地雷原の地面であること。自分がこうしてここに立っていられるのは偶々幸運だったからに過ぎず、運のなかった方の私はとうに奈落の底へ呑み込まれ、泡のように掻き消えてしまっていること。

それに気づいているからこそ、私たちは恐怖に対し無関心ではいられないのでしょう。

怖い話に耳をふさぎ目をつぶるとき、子供たちは少しだけ手のひらに隙間をつくり、薄目をあけているものです。すべてを知ることは怖ろしすぎるし、すべてを知らずにいることもまた耐え難く怖ろしい。ましてこの世の闇に少なからず馴染みある私たち大人は、恐怖を克服するやり方をいくつも心得、それを実践して生き延びてきました。と同時に、人間の歴史が結局のところ手つかずに残すほかなかった恐怖の、広大な領域の存在にもどうしようもなく気づいてしまっているはずです。

実録怪談とは、世界がいまだ〈手つかずの恐怖〉で満ちていることの証拠の数々であり、その恐怖に人がいかに耐え、やり過ごし、立ち向かい、打ちのめされていったかの貴重な記録なのかもしれません。

ここに五色の怪談集をお届けします。個性の異なる書き手の耳、目、皮膚そして筆を通して巷間の怪異が綴られてきた当シリーズに、今巻より五人の新メンバーが集結して未知の恐怖体験の発掘に臨んでおります。

いまだ言葉にされたことのない感情が皆様のもとを訪ねるまで、あと数ページ。

心の準備はお済みでしょうか？　それでは――。

目次

川奈まり子

丸山政也

福澤徹三

渋川《しぶかわ》紀秀《のりひで》

兵庫県姫路市出身。著書に『恐怖実話狂霊』『恐怖実話狂忌』、共著に『FKB怪談幽戯』『怪談実話競作集怨呪』など。

牛憑《うしつ》き

「うちの叔母は美容室を経営するかたわら、お客さんのお見合いの相談によく乗っていたんですよ」

法律事務所に勤める里歌さんは二十年ほど前、叔母から見合い相手を紹介された。

Kという、総合商社に勤める男性だった。Kの母親が、ある女性とKとのお見合いに立ち会うために、里歌さんの叔母に髪結いを頼んできたことが縁になった。Kとその女性とのお見合いは結局うまくいかず、それを聞いた里歌さんの叔母が、じゃあうちの姪なんかどうでしょうか、と勧めたのだった。

Kは県内有数の名家の跡取りで、里歌さんはお見合いの前にKの母親と引き合わされ、事前審査とばかりに二時間ほどあれこれと質問攻めに遭った。金縛りに遭ったことはあるか、幽霊は大丈夫か、など、奇妙なことも聞かれた。里歌さんは、金縛り体験は時々あるが、ただの生理現象だと割り切っており、幽霊の存在は信じていない、と素直に答えた。

Kの母親のお眼鏡にかなったようで、翌週、里歌さんはKとお見合いする運びとなった。

里歌さんはKが名家の人間だということで緊張していたが、会ってみたら気さくで笑顔の柔らかい男性だった。初めて会ったとは思えないほど話が弾み、Kは結婚を前提にお付き合いしてください、と里歌さんにお願いしてきた。横にいたKの母親も、にこやかな顔で頷《うなず》いていた。

「嬉しかったんですけど、なんだか急いでいるなあ、という印象を受けましたね。わたしとの結婚を熱望してくれているというより、結婚することで何かから逃れようとしている感じでした」

Kの多忙なスケジュールを縫って、お見合いの後に二人きりで二度ほど食事をした直後、Kの母親がKと里歌さんとの結納の日取りを決め、伊豆への婚前旅行を提案してきた。里歌さんの母親も、Kさんは良い人そうだし、結納が決まった相手とならいいじゃないの、行ってきなさいよ、と旅行を許可してくれた。

里歌さんはKに対して好感を持ってはいたものの、一生添い遂げる相手と決め込むほど入れ込んではいなかった。だが他に意中の人がいたわけでもなく、周りのお膳立てに従う形となった。

Kの運転する車で伊豆の旅館に着いたのは夕方過ぎだった。食堂で食事をとり、酒を呑むと、緊張と疲労のせいか、二人とも眠くなってしまった。

とりあえずひと眠りしますか、とKは言って、押入れから布団を取り出し始めた。男性と一緒に宿に泊まることが初めてだった里歌さんは、十二畳の和室に飾られた掛け軸や木彫りの熊を見ながらどぎまぎしていた。

Kは二人分の布団を敷くと、あくびをしながらさっさと自分の布団に寝転がってしまった。里歌さんはほっと溜め息をつきながら、肩すかしを食らったような気分になった。部屋の明かりををオレンジ色の豆電球にして、仕方なく里歌さんも寝転がった。Kが薄目を開けながらちらちらと里歌さんの様子をうかがっていた。

体を横たえると、どっと疲れが押し寄せてきた。だが頭は冴えていて、なかなか寝付けない。

Kが突然触れてきたら、どんなふうに反応したら良いんだろう。そんなことをぼんやり考えていると、カリカリカリカリ、と乾いた音が聞こえてきた。隣にいるKの方からではない。部屋の入り口の方だ。

カリカリ。ドッ。カリカリカリカリ……。

硬いもの同士がこすれ合う音の中に、何かを叩く音が混じる。

ネズミだろうか？　だがそれにしては音が大きい。ネコか？　だがネコなどこの部屋にいるはずなどなかった。

里歌さんは薄目を開け、部屋の入り口のほうに体を向けた。オレンジ色の淡い明かりの中、部屋の入り口近くにある冷蔵庫の前に、大きな黒い塊《かたまり》がうごめいているのが見えた。犬？　いや違う、もっと大きな動物だ。里歌さんの胸ほどの高さのあった冷蔵庫の扉を、前足で掻いている。あのシルエットは牛かな、と思った時、頭部から垂れた長い黒髪のようなものが揺れていることに気づいた。

怖くなり、里歌さんが隣で寝ているKの名を呼ぼうとした直後。

黒い塊が里歌さんの視界を覆い、胸に重いものが乗っかってきた。思わず目をつぶると、動物の湿った糞のにおいが鼻孔を突いた。

金縛りか、と里歌さんは思ったが、こんな苦痛は今まで体験したことがない。

胸を押さえつけられ、うまく息が出来ない。胸には硬く鋭い感触があった。里歌さんは顔をしかめながらゆっくりと目を開けた。

牛だった。目の前に胸の前部が迫り、湿った鼻息を顔に浴びた。体は丸く肥えていて、耳が横に長い。だが、その顔をよく見ると、眼と唇は若い女のものだった。見開いた二つの目が、里歌さんを威圧する。

視界がぼやけ、気が遠くなっていく。「それ」は左右に足踏みをするかのように、里歌さんの肋骨をゆっくり強く押してきた。助けを求めようとしても、息を出しきってしまい、声を発することができない。

もう駄目だ、と思った時、突然、ふっと軽くなった。

里歌さんは胸を押さえ、思いきり息を吸い込んだ。そして、ゆっくりと身を起こして、Kを見た。

Kがいつの間にか正座をしていた。彼は体を強張《こわば》らせ、俯《うつむ》き、ぶるぶると震えている。

里歌さんが口を開く前に、Kが声を漏らした。

「ごめんなさい」

そう言ったKがゆっくりと顔を上げ、里歌さんの顔を見る。

「さっきの、見えてましたか？」

里歌さんが訊くと、Kは顎《あご》をカタカタ震わせながら頷いた。ただの金縛り中の幻覚ではなかったのだ。

「僕のせいです、彼女が出てきたのは」

Kは訥々《とつとつ》と語り出した。

「彼女」は、Kが昔付き合っていた女性なのだという。職場の同僚であり、周りに内緒で愛を育み、結婚を考えた。だが、Kの母親は彼女を見るなり、別れなさい、と命じた。

「あの女には、牛が憑いてる」

そんなことを言う母親に対して、Kは言い返すことができなかった。

思い当たることがあったのだ。彼女の隣で寝ていると、夢うつつの中で、その場に居ないはずの白黒の牛を見たことがあった。時にはその牛のせいで、圧死するのではないか、と息苦しくなることもあったという。

Kは、彼女と牛に因縁があるのではないかと思い、彼女を問いただした。すると、彼女の親族の一人が晩年に精神を病んでしまい、家の近くの牧場でたくさんの牛の喉を切って殺していたことがわかった。

結局、Kの気持ちが離れてしまい、彼女とは別れることになった。だが、Kが他の女性と寝ようとするたびに、別れた彼女が牛の姿で現れ、女性にのしかかるのだという。

僕を恨んで生き霊を飛ばす時に、牛の霊を連れてきてしまうのだろう、とKは言った。

Kの母親は、Kが独身でいるうちは、「彼女」にまだ思いを残しているのだろう、と疑っているらしい。だから他の女性と急いで結婚させようとしていたのだ。だがKが他の女性と一緒に寝ようとすると、必ず牛憑きの女が現れ、別れることになってしまう。

翌朝、Kよりも早く起きた里歌さんは部屋の冷蔵庫の扉を見て、息を呑んだ。いくつもの赤黒い筋が付いていたのだ。それをトイレットペーパーで拭き取りながら、昨日聞いたカリカリという音を思い出した。血だまりの中で前足をばたつかせる牛たちの姿が頭に浮かんで仕方がない。

里歌さんは結局、Kと別れた。Kは今でも独身らしい。

坂の夢

看護師の礼奈さんは小学三年生の頃、奇妙な夢を毎日のように見ていた。

雪の降り続く二月初旬、礼奈さんの父親が交通事故に遭い、入院を余儀なくされた。母親が病院に通うようになり、礼奈さんは学校から帰った後、家で一人きりで残されてしまうこともあった。夕方に母が居ない時には、叔母が夕食を作りに来てくれるようになったが、父親がいつ家に帰ってきてくれるのだろうか、父親の言うことを聞かなかったから罰が当たってしまったのかな、私のせいなのかな、などと、不安で胸が押しつぶされそうになっていた。

坂の夢を見るようになったのはそんな時だ。

礼奈さんは一人きりで、大きな樹々に挟まれた坂の下に立っている。坂の傾斜は急で、四十五度以上あるのではないかと思えた。仄暗《ほのぐら》い坂の上には青空が見える。木々の枝が左右から張り出していて、車では容易に上がれそうにないな、と感じる。

坂の上を見てみたい、と礼奈さんは強く思う。樹々を吹き抜ける青いにおいの風を感じながら、礼奈さんは急な坂をゆっくりと上っていく。

「行ってはいけません。引き返しなさい」

女性の声が頭の中で響く。おばあちゃんくらいの年の女性の声だ。だが周りを見渡しても、誰もいない。直接頭の中に話しかけられている感じで、声の主は坂の上に居るように思えた。礼奈さんは好奇心に突き動かされて、歩みを進める。立ち止まってはいけない気がしてくる。だが、頭の中で繰り返される「行ってはいけません」の声は大きくなり、頭がずきずきと痛くなってくる。右足がやけに重くなり、やがて立ち止まってしまう。すると、ぱっと目が覚める。そして、ああ、また同じ夢を見たなあ、と思う。

数ヶ月後、礼奈さんの父親は退院した。それから礼奈さんはその夢を見なくなった。

「それから二十年くらい経って、私、その坂を見つけたんですよ」

礼奈さんは三十歳になっていた。兵庫県内で海の家を経営する友人の佐々木さんに誘われ、一緒に海辺で潮干狩りなどをしながら遊んでいた。

海に落ちていく夕日がきれいで、礼奈さんが感心していると、もっときれいな場所があるよ、と佐々木さんが言って、小高い丘に車で連れて行ってくれた。

礼奈さんは車から降りた。樹々を吹き抜けてきた風に頬を撫でられ、ふと東の方を見た。

視線の先に、坂がある。高い樹々に挟まれた、薄暗い、急斜面の坂だった。

夢で何度も見たあの坂だ、と礼奈さんは思った。吸い寄せられるように坂に歩み寄っていく。

「どうしたの、ねえ」

不安そうな佐々木さんの声を聞いて、礼奈さんは我に返った。

「あの坂の先、上ったことある？」

礼奈さんが坂の方を指差すと、友人の佐々木さんは苦い顔をした。

「それ、知ってて言ってる？」

「知ってて？　何かあったの？」

「うちら地元民は、知らない人はいない事件だよ。二十年前くらいの事件だけど」

佐々木さんが小学校に上がったばかりの頃、礼奈さんが指差した坂の上で、バラバラ殺人事件があったという。あの坂には近づいてはいけない、と親が子供に伝えるような場所だった。佐々木さんは夏休み中のある日の夕方、近所の悪ガキに連れられて、その坂に行ってみた。両側の松林からの枝が狭い坂に張り出していて、周りに比べてひどく暗く見えた。

突如、ガキ大将だった小学三年生が「何か」を見て慌てて逃げ出し、つられるように悪ガキたちも逃げ出したのだった。ガキ大将は血まみれの女の人を見た、という。

その坂は夜中に近所の不良が肝試しに来たりする場所になり、傷害事件がたびたび起きるなど、物騒な所として知られていた。

礼奈さんはバラバラ殺人事件の詳細を知りたいと思った。二十年くらい前と言えば、ちょうど自分も夢の中でこの坂の夢を見ていた頃だ。だが佐々木さんは事件の詳細を知らなかった。気になって仕方がなくなり、礼奈さんはその坂の近くの商工会議所に勤める知り合いTに電話をかけた。Tは地元の凶悪事件の記録を収集する変わり者だった。

「ああ、その事件ね。最後の恋に破れた中年女の凶行だよ」

Tはすぐに該当する事件を調べ上げ、礼奈さんに知らせてくれた。

その坂の上には、親から譲り受けた土地と大きな家と財産で暮らしている独身の中年女性が住んでいた。ある時、近くのバーで若い男と知り合い、やがて恋仲になった。だが恋だと思っていたのは女性の方だけで、若い男はお小遣いと、身寄りのない中年女性の財産が目当てだった。あろうことか、自分と同年代の恋人を女性に内緒でその家に連れ込むようになった。若い男の裏切りを目の当たりにした女性は、台所にあった包丁で若い男とその恋人を滅多《めった》刺しにして殺してしまった。そして、二人の死体を風呂で解体し、庭に埋めた。犯行は二月に行われたが、六月の大雨で埋め固めた土が崩れたせいか、死体の腐敗臭が坂道にまで漂うようになり、近隣住民の通報によって警察が中年女性を取り調べることになった。だが警察が踏み込んでみると、中年女性は風呂場で自分の足の大腿動脈《だいたいどうみゃく》を切断し、出血多量で死亡していた。庭からは腐敗の進んだ二人分の切断死体が発見された。

その家の周りでは、足を引きずる血まみれの女の目撃談が相次いでいる。近所の人の話では、目撃されるのは決まって憤怒に満ちた真っ赤な目をした女性で、おそらく加害者の中年女の幽霊らしい。

礼奈さんはその場所に行ってみたいと思った。友人の佐々木さんとTと予定を合わせて、ある夏の夜、行ってみることにした。

「ここ、やっぱりやばくない？」

坂を上り出してすぐに、佐々木さんが言い出した。彼女は霊が視えるわけではないが、時々金縛りに遭い、異形のものを視る人だった。

「なんにも感じないけどなあ。お化けなんてないさ」

Tが呑気な声で言った。

礼奈さんは次第に、右足の付け根あたりに痛みを感じるようになった。最初は気のせいかとも思ったが、痛みはだんだんひどくなり、額《ひたい》から脂汗《あぶらあせ》が吹き出てきた。加害女性が自ら切ったという大腿動脈は、右足の方に違いない、と思った。

「行ってはいけません」

礼奈さんが急に大声で叫んだので、二人は驚いた。礼奈さんも自分の声の低さに驚いた。まるで老女が自分の口を借りて言ったような奇妙な感覚を覚えた。

その声は、あの夢の中で繰り返し聞いたものと同じだった。礼奈さんは右足の激痛に耐えきれずに倒れ込んでしまい、二人に肩を借りながら坂を下ることになった。

帰宅後、右足の痛みはひいたものの、礼奈さんは激しい頭痛と吐き気に苦しんだ。

佐々木さんは、帰宅後に眠りにつこうとした時、突然現れた三人の男女から顔を覗き込まれていたという。

お化けなんてないさ、と言っていたTは、夕暮れ時、自宅の門柱の陰に血まみれの中年女を見るようになってしまった。

Tによれば、そのバラバラ殺人事件のあった場所は更地になっていて、ここ二十年、買い手がついてもすぐに離れてしまうらしい。

礼奈さんは、自分とその坂の上の家にどんな因縁があるのか、まだ把握していないという。当時事故に遭って入院していた父親も含めて、自分の家族と三人の事件関係者とのつながりは見いだせていない。

ただ、事件の加害者の名前が、自分と同じ「礼奈」であることだけはわかった。

霊感ゼロ

千里さんが友人二人と上海に旅行に行ったときの話。

薫さんが見つけてきた格安ツアーに、美雪さんと千里さんは喜んで飛びついた。だが、いざホテルに着いてみると、千里さんはがっかりしてしまった。

ひと言で言えば、B級感。けばけばしい色使いの外壁。ロビーには、水が出なくなった小さな噴水と、金メッキがほぼ剥《は》がれた仏像があった。ノイズのひどいショパンのピアノ曲が埃だらけのスピーカーから流れていて、錆《さび》と黴《かび》のにおいがどこからともなく漂っていた。

案内された四階の客室の前に着くなり、千里さんは厭な感じを覚えた。重苦しい空気と、鉄のような血のようなにおい。客室のドアを開けると、ああやっぱり、と千里さんは思った。空気がさらに重苦しくなったのだ。

入ってすぐに、広いリビングがあった。真中には傷だらけの白い丸テーブルがあり、左側には壁際に置かれた薄茶色のソファがある。ソファの向こうには錆だらけの金庫があり、その上には日本ではとっくに見かけなくなった旧型のテレビがあった。右側の壁には幾何学模様のタペストリーがいくつも貼られていて、壁沿いに古ぼけたキャビネットが二つ置かれていた。

タペストリーの配置や色使いには、美的センスがまるで感じられなかった。壁の何かを隠すためのものだろうな、と千里さんは思った。

リビングの奥には、左右それぞれに木製のドアがあり、その向こうに部屋があるようだ。右のドアだけが、明らかに新しく付け替えられたものだった。

「これぞ上海って感じだねえ」

薫さんがにこにこしながら言った。彼女はどうやら、千里さんが感じているような不自然さを全く感じていないようだった。美雪さんは千里さんと目をあわせ、苦笑いを浮かべた。美雪さんも何かを感じているらしかった。

三人はまず、左側の木製ドアを開けてみた。

ドアのすぐ近くに窓があった。リビングと同じ奥行きのある部屋に、ベッドが二つ置かれている。花柄の壁紙には所々黒いしみが付いていたが、シーツや布団は真っ白で清潔そうに見えたので、千里さんはほっとした。だが、ここでは二人しか眠れない。

三人は右側の木製ドアに向かった。

「右側の部屋は一人用かなあ。わたし、いびきうるさいから、右で寝ていい？」

ドアを開ける前に薫さんが言った。それを聞いて、千里さんはほっとした。重苦しい空気が漏れてくる右側の部屋には、何かがあるに違いない、と思っていたのだ。美雪さんも、それでいいよ、とさりげなく言って、薫さんの言葉に頷いた。

薫さんが右側のドアを開けた。その瞬間、千里さんは両腕に鳥肌が立つのを覚えた。左側の部屋の三分の一ほどの広さしかなく、幅の広いベッドがそこを占領していた。部屋の三分の二が、真っ白な壁で塞がれていたのだ。そして、木製ドアの近くにある窓がベニヤ板で打ち付けられてあった。

窓から誰か飛び降りたんだな、と千里さんは直感した。

「わたし寝相悪いから、やっぱこっちの部屋のベッドが良いなあ。ねえ、千里ちゃんもそれでいいでしょ」

薫さんが無邪気な眼差しを千里さんに向けてきた。それでいいよ、と答えながら、どうして三分の二が封鎖されているのだろう、と考え始めた。

ホテルの最上階のレストランで夕食をとった後、ほろ酔い加減の三人は談笑しながら四階にある自分たちの客室に戻っていった。だが客室に近づくにつれ、千里さんは酔いが覚めていくのを感じた。

薫さんは宣言通り、右側の狭い部屋で一人で寝ることになった。千里さんは左側の部屋で美雪さんと二人きりになると、レストランの料理についてあれこれ喋った。だが気がつくと、二人はあの右側の封鎖された部屋について話していた。

「きっと、男が女を刺して、その後に男が窓から飛び降りたのよ。それから色々あって、悪いものを封じ込めるために白い壁で塞いだ。で、あの窓にも問題が起きたから、ベニヤを打ち付けて塞いだんだと思う。リビングの変なタペストリーは、空間を塞いだ痕跡を隠すものだろうね」

美雪さんがそう言い、千里さんが頷《うなず》いた直後、窓を何かが叩いた。

二人とも、窓の手前のベージュ色のカーテンを見つめ、しばらく固まっていた。

「鳥、とかかな」

千里さんはそう言ってひきつった笑みを浮かべた。だが美雪さんは何も応えず、布団をかぶって寝てしまった。千里さんも眠気に襲われ、いつの間にか寝てしまった。

ドアが叩かれる音で千里さんは飛び起きた。

「朝食の時間に遅れるよお」

薫さんの明るい声が聞こえた。千里さんがドアを開けると、薫さんはデジタル一眼レフカメラで千里さんの寝起きの顔を激写した。いつものように、薫さんはいたずらっぽい笑みを浮かべている。

「なんか面白い部屋だったから、あちこち撮ってみたんだ。ねえ美雪ちゃん、まだ起きないの？」

マイペースで明るい薫さんに引っ張られ、千里さんと美雪さんは上海の町を楽しんだ後、無事、帰途に就いた。

三日後、薫さんから千里さんのもとに電話がかかってきた。

「変なの写っちゃってた。見にきてよ」

千里さんは薫さんが指定したカフェに向かった。美雪さんは体調を崩して来られないらしい。

薫さんは円柱を背にした席に座っていた。千里さんに手招きをして、一眼レフで撮った一枚の写真を千里さんに見せてきた。

あの客室のリビングにあった大きなキャビネットの一つだ。その真中の引き出しの部分に、白い靄《もや》が浮かび上がっていた。

「拡大するとわかるんだけどねえ」

靄を拡大すると、だんだん男の顔のような形になっていった。拡大するたびに、怒りに満ちた表情がはっきりと見えて来た。わかったもういいから、と千里さんが言うと、薫さんはカメラを引っ込めた。

「まあ別に、私の体調は何ともないから、あんまり怖くないんだけどね。千里ちゃんは体調大丈夫?」

うん、と千里さんが応えようとした時、薫さんの後ろの柱の陰から、男がぬっと出てきた。

白い靄の男と同じ顔だった。

男は懐から刃物を取り出し、薫さんの頭上で振り上げた。男が口を開けると、鉄臭いにおいが押し寄せてきた。あ、と千里さんが声を漏らすと、男の動きが止まった。

「なに、どうしたの?」

薫さんがきょろきょろとあたりを見渡す。だが、すぐ後ろにいる男には気づかない。そのうちに、男の姿は風のように消えてしまった。

千里さんは薫さんと会うのを控えるようになった。会うたびに、薫さんの後ろから、その男が現れ、刃物を振りかざすのが視える。美雪さんにも、同じものが視えるのだという。そして二人とも、薫さんに会った後には必ず、高熱で寝込んでしまう。

「霊感ゼロの人ってうらやましいよね、って美雪とは言い合ってます。でも、ちょっと心配してもいるんですよ」

薫さんは付き合い始めた彼氏と一緒に、例の上海の格安ホテルに泊まりにいくらしい。しかも、あの四階の客室に。千里さんは止めたが、聞き入れてもらえなかった。

粘土の人

「あの人に会ってからですね。粘土の顔が見えるようになったのは」

山下さんは大学卒業後、政府系金融機関に務めていた。

当時は、融資審査のために、様々な職種の経営者たちに聞き取り調査をする業務に従事していたという。

六十代のとある工場経営者と会った時、山下さんは自分の目を疑った。

その人の顔は、灰色の紙粘土でできているように見えた。皺《しわ》や毛穴がいっさい無く、肌がつるつるだった。人が話す時は、普通は口の周りだけでなく、頬《ほお》やこめかみの辺りの皮膚も連動して動く。だがその人の場合は、まるで造りが雑なクレイアニメのように、口周りだけがモサモサと動いているだけだった。

映画『犬神家の一族』の「スケキヨ」みたいに、顔の怪我を隠すためにゴム製のマスクでもつけているのかな、と最初は思った。だが、その人の両手も顔と同じ紙粘土の色をしていた。

山下さんは思わず、健康状態について訊いてみることにした。内臓の具合の悪さが皮膚に出ているのかもしれない、と思ったのだ。だがその工場経営者は、特に健康に問題はないよ、と答えた。声には張りがあり、受け答えも的確だったので、山下さんは工場経営者の言葉を信じた。

工場経営者が帰った後、あの人の顔色見たかよ、粘土みたいだったな、と隣の同僚に何気なく言った。だが、何言ってるんだ、普通に顔色の良い元気なおじさんだったじゃないか、と返された。どうやら、工場経営者の皮膚が粘土に見えたのは山下さんだけのようだった。

提出された会計帳簿の数字を上司とともに検討した結果、その工場経営者は融資にふさわしい相手、という結論が下された。

だが、事業資金の融資が決まった、とその工場経営者に伝えようと電話をすると、彼の妻が電話に出て、夫は亡くなりました、と告げた。葬式などでばたばたしていて連絡が遅れて申し訳ない、と未亡人は付け加えた。

その工場経営者が亡くなったのは、ちょうど山下さんとの面談を終えた帰りだった。車に轢《ひ》かれ、即死だったという。

数ヶ月後、山下さんはまた「粘土の人」に遭った。酒臭い息をまき散らしていた五十代の個人事業主に、お金を借りに来る前にお酒を呑んでこられたんですか、とやんわりと注意した。個人事業主は、嫁と別居して酒の量が増えてしまってね、申し訳ない、と詫びた。

帳簿上は問題がなかったので、個人事業主への融資許可が下りた。

だがその直後、その個人事業主の連帯保証人から電話があり、糖尿病の合併症の心筋梗《しんきんこう》塞《そく》を起こして個人事業主が急死してしまった、と告げた。

山下さんの「粘土」が視える能力は、上司には認められなかった。だが、山下さんはその後も「粘土の人」の死を予見し続けた。

山下さんは時々、町の中でも「粘土の人」を見かける。だが、気づいた直後にその人が車にぶつかったり電車に飛び込んだりしてしまうので、声をかけて助けることは一度もできていないという。

場所が腐ってる

「ロケーションは抜群に良いんですけど、必ず店が潰れてしまう所って、あるんですよね。場所が腐ってる、って言えば、わかる人にはわかるらしいですわ」

司法書士事務所に務める新田さんが教えてくれた。

瀬戸内海を臨《のぞ》む岬《みさき》に、その場所はあるという。

九十年代の終わりに、そこにフレンチレストランが開業した。フランスで料理の修業をしたオーナーが、しばらく更地になっていたその場所に目を付けた。地中海を臨むアンダルシアの白い村をイメージした、白い外壁が特徴的な、見晴らしのいいレストランが出来上がった。オーナーシェフの料理の腕は素晴らしく、観光ガイドブックにも取り上げられ、県外からも多数の客が訪れる店になった。

開業して半年、そのレストランは火災に見舞われてしまった。厨房が損傷し、三ヶ月の休業を余儀なくされた。オーナーシェフは連絡先のわかる常連客に丁寧に謝罪した。経済的損失は少なくなかったが、再開後、常連客がまた訪れてくれたこともあり、経営をなんとか持ち直した。

常連客の一人だった新田さんは、再開したレストランに真っ先に駆けつけた。そして、火災の原因をオーナーシェフにそれとなく訊いてみた。オーナーシェフは慎重な性格で、泥酔するタイプでもないので、失火という過ちを犯すとは思えなかったからだ。

オーナーシェフは首をひねっていた。いつも通り、厨房の火の元に注意して、施錠してから店を出て家に帰った。だが警察の調べによれば、火元は厨房で、電気機器の不具合などではなく、人が作為的に火を付けた跡が見つかった、とのことだった。しかし放火犯は見つかっていない。

それから半年後、そのフレンチレストランがまた火災に見舞われた。二度目の火災の損失は甚大だったようで、将来を悲観したオーナーシェフは車ごと崖から海に突っ込んで亡くなった。

数年後、新田さんは友人と訪ねた際、たまたまそのフレンチレストランのあった場所の近くを訪れた。ふと新田さんはレストランのことを思い出し、友人とともに車で訪れることにした。

友人は霊が視えると自称する人だった。車がレストランに近づくにつれ、ここらへん何かあったやろ、と新田さんに何度も尋ねるようになり、自分の手をこすり出した。

薄暗い砂利道をヘッドライトが照らす。かつてのレストランの駐車場に車を頭から入れようとした時、ライトの先に四角いものがきらめいているのが見えた。あのレストランの看板だった。そしてその先に、小さな地蔵があった。何度も訪れた場所だが、樫の木の陰に隠されていたせいか、地蔵を見つけたのはその時が初めてだった。

「うわあ、もうぎっしりおるやん」

突然、友人が大声を上げた。レストランの残骸である白い石垣を見ながら顔をしかめている。

「おるって、幽霊か？　でも、レストランの火災では、誰もなくなった人はおらんよ」

「いやいや、そんなんちゃう。あれはずっと昔からいるタイプのもんや。ようこんな場所にレストラン建てよう思たなあ」

友人によれば、たくさんの人型のものが、興味深そうに新田さんと友人の方を見ているのだという。

「あかん、すぐ車出して。この場所、腐っとる」

友人がガタガタ震えながらそう言うので、新田さんも寒気を覚えてすぐにその場を離れた。

「海を見下ろす見晴らしの良い場所なので、普通に見れば買い手がつきそうなもんですけどね。ここ数年はずっと更地になってるそうです」

狐か人か

「会いたかった死者と会えたとしても、油断したら駄目なんですよね」

春樹さんは大学生の時、親友Kを亡くした。彼は旅行先で、恋人と一緒に命を絶ってしまったのだという。

その親友Kは、大学生になった春樹さんが初めて作った友人であり、やがてお互いに部屋の合鍵を渡し合う仲になった。

Kの遺族が部屋を解約してしまう前に、春樹さんは共通の知り合いを連れて、Kの部屋を訪れた。

部屋の中には物があまり残っていなかった。ギターやテレビなどの金目の物は売り払い、恋人との旅行資金にしたらしい。だが、Kの誕生日に春樹さんたちがプレゼントしたオリジナルCDや安物のジッポライターは残されていた。それを見て、春樹さんたちは静かに涙を流した。

Kが一番好きだった辛口の日本酒を買ってきて、みんなで飲み干そう、という話になった。思い出話に花を咲かせることが供養だと考え、春樹さんは親友Kとのおもしろおかしいエピソードを披露し、友人たちを笑わせた。

一人帰り、二人帰り、部屋には春樹さんだけが残された。春樹さんは部屋のベランダに出て、親友Kと一緒に煙草を吸っていた時のことを思い出していた。

不意に、生暖かい風が吹き抜けた。その直後、春樹さんが吐き出した煙草の煙が、夜の闇に消えることなく、春樹さんのすぐ横に集まっていき、ゆっくりと人の形を作っていった。やがてそれは、親友Kの姿になった。

春樹さんは、死者が見えたら気をつけなさい、という祖母の言葉を思い出した。祖母は平安時代から続いている寺の娘である。不思議なものを視る力があるらしく、春樹さんにもそのうち視えるようになる、と予言していた。

春樹さんは煙の中の親友Kに体温を感じた。Kは、お気に入りだったシャツとジーパンを着ている。来てくれたんだな、と春樹さんは思った。涙を流しながら、ゆっくりと口を開く。

「お前、なんで死んだんだよ」

思わず詰問《きつもん》するような口調になってしまった。だが半透明の親友Kはにこにこしている。

――ごめんな。こっちは大丈夫だから、おまえらもなんとかやれよ――

春樹さんの頭の中に、Kの声が響いた。そして、Kの姿はゆっくりと消えていった。

その二日後、春樹さんはKの母親に会った。春樹さんは煙の中のKの姿を思い出しながら、もしかして亡くなった時、こんな格好をしていませんでしたか、と訊いてみた。

どうしてわかったの、とKの母親は驚いていた。

自分には死者に会う能力があるんだな、と春樹さんは思った。


その後も、春樹さんは親友Kに何度か会った。

友人たちと一緒に、Kとの思い出のある公園を訪れた時だった。ひとしきり談笑して、帰ろうとした時、春樹さんは後ろからKに話しかけられた気がした。春樹さんが立ち止まって振り向くと、Kが生前のままの姿で立っていた。春樹さんがゆっくりとKに近づくと、胸ポケットの携帯電話が震えた。祖母からだった。

「もしもし、だいじょうぶかい?」

春樹さんの祖母は、春樹さんの異変を察知して電話をかけてきてくれることがある。今回もそういうことか、と思いながら、親友Kが再び出てきてくれた、と祖母に告げた。

「そいつは違うよ！」

祖母が怒気を込めて言った。その直後、目の前にいたKの姿がふっと消えた。

「あんたが油断してるから、狐にからかわれるんだよ。明日にでもうちに寄りなさい」


翌日、春樹さんは祖母の家を訪れた。親友Kのことをどう思っているのか、と祖母に訊かれ、春樹さんはありのままの気持ちを伝えた。

「あんたの親友は、もう成仏されているんだよ。あんたの心に隙間ができてしまっている。狐や狸なら、いたずら心で済むんだけど。ちょっとそのままだと危ないね。あたしも直前にしかわからないから、あんたが自分で気をつけないと」

祖母は春樹さんに黒い数珠を渡してくれた。手に付けていたらあんたは無くすだろうから、バッグに入れておきなさい、と祖母は言った。


それからおよそ一ヶ月後。連休中にA島に言ってみようぜ、と春樹さんは友人から誘われた。

A島は、鳥取の心霊スポットの一つとして知られている。春には桜並木と菜の花畑を目当てに多数の花見客が訪れる場所だが、死体遺棄事件が起きるなど、物騒な場所でもあった。

友人は、A島では会いたい死者と会える、という噂をインターネット上で見たらしい。そこに行けば、もしかしたらKに会えるかもしれない、というのだ。

友人に昼間のA島の写真を見せられ、きれいな場所だな、と春樹さんは心惹かれた。そして、友人の話に乗ることにした。夜ではなく昼に訪れれば大丈夫だろう、と思った。

春樹さんと友人は朝のうちにレンタカーを借りて出発した。空は晴れ渡り、窓を開けると、禍々《まがまが》しい雰囲気とは無縁のさわやかな秋の風が吹いていた。

陸地とA島をつなぐ青い橋が見えた時、助手席の友人が急に頭痛に苦しみ出した。春樹さんは車を停めて、友人にペットボトルの水と頭痛薬を渡した。

「帰ろう。興味本位で来ちゃ駄目な場所だ。あーあ、俺、はじめて視えちゃったよ」

友人によれば、青い橋の上から、青白く、半透明の人影が、こちらを見ているらしい。しかも、一人や二人ではないという。だが春樹さんはいくら目を凝らしても、日の光を反射して輝く水面と、鮮やかな青色の橋が見えるばかりだった。

「あの橋、入り口からヤバいって。真っ黒なのがいる。早く車出して。マジで吐きそう」

友人が指差す方を、春樹さんは何度も瞬きしながら目を凝らして観た。すると、黒い影が現れ、次第にそれははっきりとした形をとっていき、見覚えのある姿に変わっていった。春樹さんに向かって微笑《ほほえ》み、手招きをしている。

「おい、Kが来てくれたぞ」

春樹さんは運転席のドアを開けた。秋の風を肌に受け、体が軽くなったように感じた。助手席で怯える友人の腕を強く引っ張り、一緒に外に出よう、と促した。だが、友人は車から出たくない、と言い張る。

バチッ――

突然、後部座席に置いておいた春樹さんのバッグの中から破裂音が聞こえた。

春樹さんはハッとして、おそるおそるバッグを開けた。

祖母からもらった数珠が弾けとんで、黒い珠があちこちに飛び散っていた。

唖然としていると、胸ポケットの携帯が震えた。

「そこから離れなさい。気をつけるんだよ」

春樹さんの祖母が、いつになく穏やかな口調で春樹さんに告げた。

「祖母に呼びつけられて、こっぴどく叱られました。あんたは未熟なんだから、他人様を巻き込むかもしれないのに、なんで気をつけないんだ、って。それからは、心霊スポットとか、怪しい噂がある所には行かないようにしています」

祖母によれば、青い橋の上でKの姿をとった黒い影は、いわゆる悪霊なのだという。人間として生まれ、何人もの人間を殺し、死してなお、他人の心の隙間につけ込み、死に誘う存在。

「Kはもう、極楽浄土に旅立ったんですよね。今でも時々、Kの声や姿を感じることもあります。そのたびに、これはただの錯覚だ、と自分に言い聞かせてます。でも、僕たちの思い出の中で、彼はまだ生きている。それでいいんですよね。それでじゅうぶんです」

春樹さんは自分に言い聞かせるように呟いた。

黒い住人

「喧嘩しないでおこうな、って最初に父親が言ったのを覚えています。はじめてその家に入居した日に。なんでわざわざ家中に響くような声でそんなことを言うのか、不思議でしたけど」

某有名フランチャイズ系列のカフェに務める絵里さんは、小学校の頃、少し変わった家に住んでいた。

家の周りに、時々、考古学者が発掘にやってきて、土器や瓦などを持ち帰っていく。

家の近くには川が作り出した自然の堤防があったらしく、平安時代から有力者の屋敷が建っていた場所だった。大きな井戸や、屋敷墓と呼ばれる敷地内の墓地の痕跡も見つかっていた。

「昼間でも、二階に行くのがなんとなく不気味でしたね。玄関から奥に続く長い廊下があって、その廊下の真中くらいの右側に、二階に上がるための螺旋《らせん》状の階段がありました。玄関の上部は吹き抜けになっていて、二階の廊下の柵が見えるんですけど、時々、その柵の隙間から誰かが玄関を見下ろしているんじゃないか、って感じたりしました」

帰宅して玄関を開けた時、上からの視線を感じると、絵里さんは身をこわばらせながら、息を止めてリビングに駆け込むことにしていた。

「両親は共働きでしたので、鍵っ子ってやつでした。視線を感じるときは、リビングで三角座りをしてテレビを見ながら、二つ上のお姉ちゃんが学校から帰って来るのを待って、一緒に二階の子供部屋に上がってもらってました」

父親からの言いつけにも関わらず、絵里さんと姉は時々言い争いをしてしまった。

「今思えば、喧嘩が起きるのは、私が一階の廊下にいて、螺旋状の階段の途中に座りこんでいる姉と会話をしている時が多かったような気がします」

冷蔵庫の中のお菓子の取り合い、チャンネル争い、テレビタレントに対する評価、いびきがうるさい、など、喧嘩の原因は些細《ささい》なことだったが、二階から絵里さんを見下ろす姉の顔は、光の加減のせいか、普段よりどす黒く見えていた。

「わたしと姉が喧嘩をしていると、喧嘩するな、と父親から怒鳴られてました。なんでも、前のその家の借り主は、夫婦喧嘩の結果、家から離れることになったそうです。そのまた前の借り主は、息子と父親の喧嘩が警察沙汰に発展してしまって、息子の方が逮捕されたらしいです。家はきれいで、家賃も相場より安かったようでした。喧嘩さえしなければいい家なんだよ、と父親が言っていたのを覚えています」

姉は上級生になると、絵里さんとの喧嘩に割って入る父親にも反抗するようになった。そしてある時、絵里さんの姉の反論に激昂した父親が、はじめて顔を平手で叩いた。顔を殴るなんて信じられない、と抗議する母親と父親が、教育方針をめぐって激しい口論をはじめた。父親が母親の首に手をかけた所で、心配した近所の住人がインターホンを押して声をかけてきた。父親はハッと我に返り、母親を責めるのをやめた。

父親は姉と母に深く詫びて、なんとか事態はおさまった。

翌週、絵里さんの家族は犬を飼い始めた。家族を和ませてくれるかわいくて賢い犬だったが、なぜか時折、一階の廊下の途中で歩くのをやめ、階段に向かって激しく吠えた。

ある日曜日の夜、絵里さんは母親から不気味な話を聞かされた。

昼間、絵里さんの母親は、近くに引っ越してきた高校時代の友人を家に招いていた。ちょうど父親と絵里さん姉妹は、プールに行っていた。

友人が車で来ると言っていたので、家の隣にあった駐車場に車を入れて、と伝えておいた。ところが、約束の時間になってもインターホンが鳴らない。何かあったのか、と思い、絵里さんの母親が家の外に出てみると、黒い乗用車に乗った友達はすぐ向かいの道路まで来ていた。だが、なぜか家に近づいてこない。

絵里さんの母親は、首をかしげながら、友達を迎えにいった。

「あなた、この家にいつまで住むつもりなの」

怯えた口調で友達が言った。友達は家の二階を見つめながら、霊道ができちゃってるから、引っ越したほうがいい、と付け加えた。

自分たちの家に難癖をつけられた、と思った絵里さんの母親は、頭に血が上ってしまった。気がついたら、あなたは賃貸アパート住まいだから一軒家がうらやましいんでしょう、貧乏は大変ね、と口走ってしまっていたという。

呆れた友達は、じゃああれを見てみなよ、と家の二階の方を指出した。

絵里さんの母親はその指の先を見た。そして、息を呑んだ、

二階の縦長の窓に、いびつな黒い人影が佇《たたず》んでいて、じっとこちらを見ていたのだ。

絵里さんは、変なことを言わないでよね、と母親に抗議した。

だが、横で聞いていた絵里さんの姉は、お母さんにも見えたんだ、と呟いた。

「その人、真っ黒でしょ。体は細いのに、お腹周りがでこぼこ膨らんでるよね」

絵里さんの姉がそう言うと、母親の顔が青ざめた。

姉によれば、「それ」は、家族が喧嘩をしている時、どこからともなく出現する。長い黒髪、黒い顔、黒いワンピース、真っ黒いコッペパンみたいに膨《ふく》らんだ足。黒こげになったバナナのようなものが、腹のあちこちからはみ出ているという。

姉は一度、父親にそのことを告げたが、変なことを言うなと叱られ、その後もずっと見えていたものの、絵里さんや母親には言わないでおいたのだという。

それからおよそ一ヶ月後、父親は引っ越し先を見つけてきた。

事業の調子がよくなったから、もっといい所に引っ越すことにしたんだ、と父は言っていた。だが、新しい家に行ってみると、外壁の所々が汚れていたり、風呂が狭かったりして、お世辞にも「もっといい所」と言えるところではなかった。

引っ越しを終えると、あれほど頻繁に起きていた姉妹の口論が嘘のようにぴたりとおさまった。父と母が喧嘩することもほとんどなくなった。

「最近、父親から聞いたんですよ。前に住んでいたあの家は、武家屋敷の跡が発見された所みたいです。二階に上る階段の部分は、昔はちょうど屋敷の井戸があったみたいで。父はそれを聞いて、何か思い当たることがあったらしく、引っ越しを決めたそうです。父の言葉を聞いて、じゃああの黒い人影は、きっと折檻されて亡くなった人だね、と姉が言ってました。私もなぜだか妙に納得しちゃったんですよね。今考えると、変な発言ですけど」

絵里さんは最近、前に住んでいたその家の前を通りかかったという。

見てはいけないと思いながら、つい二階の縦長の窓の方を見てしまった。

腹回りにいびつな膨らみのある黒い人影が、絵里さんをじっと見下ろしていた。

我妻《あがつま》俊樹《としき》

歌人でもある。著書に〈実話怪談覚書〉〈奇々耳草紙〉シリーズ、共著に〈ＦＫＢ饗宴〉〈てのひら怪談〉シリーズなど。

線路の群れ

カフェ店員の雅史さんは四年前、駅のホームを歩いていたときに貧血で倒れたことがある。

危うく線路に転落しそうになった彼を近くにいた飲み会帰りのサラリーマンたちが後ろから肩や腕をつかんで引き戻し、雅史さんは命拾いをしたという。

貧血で意識が飛んだ瞬間、雅史さんには異様な光景が見えた。

全身に黒い毛の生えた猿のようなものが線路を埋め尽くすほど集まって、こちらを見上げていたのである。

毛むくじゃらの両腕を上げて、その不気味なものたちは恍惚の表情で雅史さんを受け止めようと待ち構えていた。

ホームの方へ強く引き戻されてその場に座り込んだ雅史さんは、現実の線路に滑り込んできた列車の下から猿たちが落胆のため息をつくのをたしかに聞いたという。

「警笛を鳴らしながら入ってきた電車の音に紛《まぎ》れて、ため息なんて聞こえるはずないんですけど、たしかにそのときは聞いたと思ったんですね」


それからひと月くらい後に雅史さんは働いている店で常連客の女性から、

「あのー、よかったらこれ使って下さい」

そう言って帰り際に小さな紙袋を手渡された。

プレゼントかなと思い喜んで中を見ると、白い数珠《じゅず》が一つぽつんと入っていた。

困惑した雅史さんは、今度その女性が来たらどういう意味でくれたのか訊こうと思ったが、その日以来女性はなぜか姿を見せていない。


数珠は雅史さんの自室のキャビネットの奥に放置してあるが、たまに引き出しを開けたときに目に入ると、玉の隙間に獣の毛のような黒いものが絡みついていることがある。

だが忘れた頃にまた引き出しを開けると、その獣の毛のようなものは消えている。

それがどういう意味なのかはわからないが、数珠が何か〈仕事〉をしてくれているような気がして、何となくそのままにしているという。

「本当は持ち歩いた方がいいのかなと思うけど、ちょっと気味が悪いんですよね。だって駅のホームを歩いてるときに数珠が毛まみれにでもなったら、あの日見た〈幻覚〉がまるっきり事実だったみたいに思えるじゃないですか。それはちょっと勘弁だなって」

この一年間くらい数珠を見ていないが、まだ同じ引き出しの中にあるはずだという。

流し目

四年ほど前、悟郎さんが夜勤のバイト帰りに牛丼を食べていたら、店の外を歩いていた小学生の集団が店内を指差して笑い始めた。

他に客はいないので自分が笑われているのかと思ったが、そうではないらしい。子供たちは悟郎さんとは反対側のカウンターを指差している。だがそこには誰もいないし、笑いたくなるような物も見当たらない。

不思議に思いながら牛丼を食べ終え、悟郎さんは店を出た。

歩道に立って何気なく店内を振り返ると、カウンターの向こう側に紫色の派手な着物を着た男が立っていた。

昔の歌手の衣装のような格好のその中年男性は、顔も昔の芸能人のようにくっきりしていて、しかも作り物のように流し目のまま固まっていた。体も微動だにしないので、そういう人形が壁際に置かれているように見える。

だがたった今店を出るまでそんなものはなかったし、今もあるはずがないのだ。

どうしていいかわからず、ただ歩道に棒立ちになって凝視している悟郎さんの後ろをまた小学生たちが通りかかる。

彼らも着物の男に気づいたようで、店の中を覗きこんで大騒ぎを始めた。

屈託なく腹を抱えて大笑いすると、そのままみんなげらげら笑いながら行ってしまった。

だが悟郎さんはどうしても笑うことができず、何かひどく打ちのめされたような気分でその場に残された。

着物の男はいつのまにか消えてしまっていたという。

コウモリが飛んでいる

J町のバスセンターには、かつてバスの運転手専用のトイレがあった。

トイレは乗り場からは離れた中洲のような位置にあり、それが何かわかるような表示は出ていない。だがバスを降りた運転手が入っていく様子を眺めていて、正秋さんはその施設がトイレだと気づいたのである。

当時は通勤に毎日バスを使っていて、とくに帰りの遅い時間に正秋さんはそのトイレをこっそり使わせてもらうことがあったという。

近くにコンビニも公衆トイレもないせいか、正秋さんだけでなくそういう人は他にも多少はいたようだ。

トイレは個室が一つだけのもので、手洗い場も個室の中にあった。

その壁に〈トイレットペーパー以外の物を流さないで下さい〉と書かれた貼り紙があった。

貼り紙の左側の余白になぜかコウモリのイラストが小さく描かれていた。

十年くらい前の女子高生が描いていたような絵柄だな、と当時思った覚えがある。

なぜそんな些細《ささい》なことを覚えているのかというと、そのバスセンター周辺ではよくコウモリが飛びまわっていたから、そのことと結びつけて記憶に残っているようだ。

バスセンターは駅から少し離れた線路沿いの寂しい場所にあり、日が暮れてからは頭上をちらほらと飛び交う黒い影がよく見られた。

正秋さんはすぐにコウモリだと気づいたが、同じバスセンターを利用している妹は知らなかったというから、案外みんな目に入ってないか、鳥か昆虫だと思っていたのかもしれない。

ある晩、正秋さんが駅を出てバスセンターに向かったときは二十三時を少し回っていた。終バスに近い時刻で、構内にバスは一台しか停まっていなかった。

明かりの少ない端のほうを歩いていると、顔のすぐ近くを影がかすめるように飛んでいくのが見えた。

コウモリである。手を伸ばしたら捕まえられそうだったな、と思いつつ正秋さんは立ち止まって周囲を見渡した。

よく見ればコウモリの影はいくつもちらついている。

そうしている間に何人かの人に追い抜かれた。終バスの乗客は意外と多く、もたもたしていると座れなくなる可能性がある。だが正秋さんはそのとき、仕事の後に飲んだビールのせいで膀胱《ぼうこう》が満タンに近い状態だった。

少し迷ってから正秋さんは中洲にあるトイレに向かった。バスの出発まで五分以上あり、いったん出発すれば乗車時間は二十分以上にはなる。せっかく座れたとしても、途中で我慢できず立小便のために途中下車したのでは意味がなくなる。

車道を渡っているとき、またコウモリが視界に入ってきた。いつもならすぐにまた視界の外に消える影が、そのときはなぜかそのままついてくるようだったという。

何だろう、コウモリじゃないのかなと思って視線をちらっと向ける。

正秋さんの頭の斜め上あたりでそれはひらひらと動いていた。歩を緩めても、同じ距離を保ってついてきていた。

とても気になるが、今はそれどころではないとトイレに駆け込み、正秋さんは用を足し始めた。

すると背後でドアを二度ノックする音が聞こえた。

「入ってます」と正秋さんは答えたが、ほとんど間をおかずにまたドアがノックされた。

聞こえなかったのかな、とちょっと腹が立ったけれど、これから乗るバスの運転手かもしれないと気を取り直す。

「すみません、今出ますから」

そう声をかけて軽く手を洗うと、正秋さんは鍵を開けてドアノブに手を触れた。

そのときドアのむこうから甲高《かんだか》い声で、

『スズキマサアキさん！』

叫ぶようにそう聞こえたという。

いきなり自分の名前を、しかもおそらく幼い子供の声で呼ばれて正秋さんは動揺してノブを握ったまま固まってしまった。

するとドアの外から今度は大人と思われる女性の声で、

『スズキマサアキさんですよね？』

そう訊ねるような声が聞こえてきた。

落ち着いた口調につられて、正秋さんは思わず「は、はい」と返事をして耳を澄ませた。

だが何も聞こえてこないので、恐る恐るドアを開けたところ外には誰もいなかった。

終バスはすでに出てしまった後で、乗り場には人影もなく静まりかえっていたという。

この日のちょうど一週間前、バスセンターにほど近い住宅街で心中事件があったことを正秋さんは思い出し、ぞっとして駅前のタクシー乗り場へと急いだ。

正秋さんは新聞の地方版で概要を知っただけで、亡くなった人たちとは知り合いでも何でもない。

だが報道によれば、その心中事件で死んだのは幼い息子とその若い母親だったのである。

力瘤《ちからこぶ》

謙介さんの家の近くの寺院には、樹齢数百年の大きなイチョウの木があった。

小学二年生の頃、その木の近くで遊んでいたら何か大きなものを落としたような音が響いて地面が揺れた。

驚いて周囲を見たら、謙介さんと同じくらいの年の男の子がイチョウの幹にしがみつくように立っていたという。

その子の腕は子供とは思えないほど力瘤が出ていて、まるで木を地面から引き抜こうと奮闘しているようだった。

思わず凝視してしまうと、男の子も謙介さんを見返した。

そして恥ずかしそうにぽつりと、

「見られたら恥ずかしい、恥ずかしいと力が出ない」

そうつぶやいて頬《ほお》を赤くするとうつむいてしまった。

なので謙介さんはその子に謝るとイチョウの木に背を向けて、傍にあった古い鐘楼《しょうろう》の方を向いた。

するとまた背後で大きな音が響いて地面が揺れた。

さっきよりも大きな揺れで、思わず地面に手をついてしまうほどだった。

ふりかえると、男の子の姿はなかった。

イチョウの木に近づいて見ると、木の幹に手のひらのような形のへこみが二つ付いていた。

それは子供の手の大きさで、さっきまでは絶対になかったはずのものだったという。

それから半月も経たないうちにその大イチョウの木に落雷があり、それが原因でやがて木は枯れてしまった。

みんなの神社

昇さんはT県の郊外にある古い住宅地に十一歳まで住んでいた。

自宅は急な坂道の途中にあって、その坂を下りきったところと、上りきったところにはどちらも神社があったという。

坂下の神社は社殿が比較的最近建て直され、秋の祭りの日には境内に露店が並び、大勢の人でにぎわっていた。

対する坂上の神社は、狭い境内の外縁が手入れのされていない木々でジャングルのような状態だった。社殿は屋根が崩れかけているように見え、危ないから建物に近づかないようにと親や学校の先生に言われていたらしい。

もちろん祭りなどは行なわれず、訪れるのは朝夕犬を散歩させている近所の老人くらいだった。


ある年の夏の終わりのこと。

昇さんは友人たち二人と坂下の神社にクワガタを捕りに出かけた。

神社の裏から住宅地の隙間に細長く続く雑木林があり、そこに入っていったのだがあまり成果はなかった。友人の一人がコクワガタを二匹捕まえただけで、昇さんの虫かごは空っぽである。

やがてその場所はあきらめて、よそへ移ってみることになった。

通っている小学校の近くの斜面が林になっていて、そこはわりあいよくクワガタの捕れる場所だと言われていた。だが地主が非常に口やかましい老人で、子供が無断侵入したと知るとすぐ学校に怒鳴《どな》り込みにくるというので有名だった。親と一緒にその地主の家に謝罪に行かされたという上級生の話も耳に入っていた。

なのでここは面倒は避けることにして、昇さんたちは坂上の神社に向かったという。

坂上の神社は猟場としてはイマイチだったが、藪《やぶ》に踏み込んでもなぜかほとんど蚊に刺されないという良い点もあった。

神社に到着すると、昇さんたちはジャングル化した木の枝をくぐって奥に入っていく。

狭い空間だがちょっと離れるとすぐに仲間の姿が見えなくなってしまう。先に進めない箇所も多くちょっとした迷路のようで、そういう楽しさはあったようだ。

昇さんはしばらくさまよったものの成果が上がらず、何となく今日は駄目そうだと思って早々に少し開けた場所に出て腰を下ろした。

四方から蝉《せみ》の声に囲まれていると、頭がぼんやりしてくるような気がした。


急に肩を叩かれたので、はっとして顔を上げると知らない女の人が立っていたという。

四十歳前後くらいの、化粧っ気のない、髪の長い女性だ。

「きみ、近所の子？」

女の人はそう話しかけてきた。

昇さんはちょっと考えてからうなずいた。

すると女の人は視線を昇さんの背後に送り、

「あの子たちってきみの友達？」

そう言ったので昇さんが振り返ると、林の入口付近に薄汚れた感じの猫が二匹ちょこんと座っていた。

まわりを見たが、まだクワガタ捕りを続けているはずの仲間の姿が見当たらない。

二匹の猫はじっとこちらを見つめていた。

友達って、あの猫たちのことを言ってるのかな？

そう思って昇さんは女の人のほうに向き直った。

するといつのまにかその女の人は昇さんの隣にしゃがみ込んでいた。

「あたし猫が嫌いなのよう、あの目つきがイヤ。ほらこっち見てるでしょ、何で見るのかしらね」

そう言いながら今度は手を握ってきた。まるで氷に漬けられていたような冷たい手だったという。

昇さんは嫌だなと思いながら「はあ」と曖昧《あいまい》に返事をした。

「友達なんでしょ？　ちょっと追っ払って来てくれない？　お願いだから早く行って来てちょうだい」

女の人は急《せ》かすように言うが、なぜか手をぎゅっと握りしめたまま離さなかった。

「困るのよねえ猫がいると。ここはみんなの神社でしょ？　なのに猫が我が物顔で居座っちゃって。猫って悪さするものでしょ？　魚を盗んだり、魚を盗んだり、魚を盗んだりね」

女の人は言いながらぐいぐいと体をこっちに寄せてくる。その襟元《えりもと》のあたりから生臭いような、何だか変な臭いが漂ってきた。

顔をそむけつつ、困りきった昇さんは仲間たちの姿をさがした。

するとニ匹の猫が立ち上がってこちらに向かって歩き出すのが見えた。

ひっ、という声が聞こえたかと思うと昇さんの手を握っていた力が急に解けた。見れば女の人は尻餅をつきそうな勢いで後ずさりながら「イヤだあ、イヤだあ」と泣き声混じりに訴えていた。

ふたたび猫の方を見ると、なぜかそこには捕虫網や虫かごを手にした仲間たちが不思議そうな顔をして立っていた。

「何してんのノボル。具合でも悪いのか？」

そう言われてはっとした昇さんが振り返ると、女の人がいたはずの場所には死にかけの蝉が腹を見せて転がり、壊れたおもちゃのように暴れていた。

仲間の一人が捕虫網の先でつつくと、そのまま最後の力を振り絞るように飛び去って藪の方へ消えていった。

以上、三十年近く前なので細部は違うかもしれないけれど、と言いつつ昇さんが思い出して語ってくれた話である。

仲間たちが猫の姿に見えた理由については、彼らが二人とも当時家で年老いた猫を飼っていたことくらいしか思いつかないと昇さんは言う。

だがあのとき彼が見た猫たちは、実際に二人が飼っている猫とはまったく似ていなかった。

二匹とも黒地に灰色が渦を巻いたような、見たことのない不思議な柄だったそうだ。

鼾《いびき》

和実さんは最初の結婚をしていたとき、夫の鼾の大きさに悩まされていた。

家で会話していても何度も聞き返してしまうほど、夫は声の小さい人だった。だがなぜか鼾は床に地響きを感じるほど大きかったという。

だから結婚生活の後半は寝室を別にしていたのだが、壁越しにもかすかに夫の鼾は聞こえてきた。

ある晩その鼾がふっと止んだかと思うと、ぼそぼそと話し声が聞こえてきたことがあった。

起きて電話でもしてるのかな、と和実さんは思ったが、話し声がずっと続いているので気になって様子を見にいった。

豆球だけの薄暗い室内を覗き込むと、畳の隅に寄せて敷かれた布団に夫はきちんと横たわっている。

話し声はその夫のいる位置とは少しずれた場所から聞こえていた。

姪の修学旅行の土産《みやげ》にもらったという、ご当地キャラクターの人形が畳に顔をつけるように倒れているのが見えた。

声はその辺りから聞こえるので、不気味に思いつつ和実さんが人形を手に取ると声が聞こえなくなった。

とたんに夫の鼾が大音量で部屋に響き渡ったので、和実さんは驚いて飛び退いた拍子に足首をひねって痛めてしまった。

朝になって夫に昨夜のことを話すと、

「うん、時々何か喋ってるのは知ってる。ゆるキャラのくせに生意気なんだよねこいつ」

そう事も無げにつぶやくと、いきなり人形を手近なゴミ箱に放り込んでしまった。

和実さんが夫と別れる決意をしたのはこの瞬間だそうだ。

うるさい鼾には耐えられても、可愛がっているはずの姪からの土産に対する、この冷淡さには耐えられなかったのである。

旅の思い出

十年以上前、独身だった頃に辰夫さんは友人と旅行に出かけた。

貧乏だったから夜行バスと鉄道を乗り継いで一週間ほど各地を回ったが、最後に泊まった海辺の旅館を友人がとても気に入り、来年もぜひ来たいと言って館内の写真をたくさん撮っていたという。

翌年辰夫さんは仕事が多忙で連休が取れなかったので、友人は一人で旅に出たようだ。

帰ってきた友人から「土産《みやげ》を渡したい」と言われて週末に待ち合わせると、ファミレスに現れた友人は写真をたくさん並べて見せてくれた。

だが去年と同じ旅館だと言って見せられた客室は、まるで廃屋のように畳が傷んで襖《ふすま》が破れ、窓ガラスにひびが入っている。夕飯の食卓を写したという写真も、欠けた皿の上に適当に毟《むし》った草や捌《さば》いていない生魚を並べたようなひどいものだったという。

「おいふざけるなよ、なんだこの写真」

そう辰夫さんが怒ると、友人はいかにも心外そうに「おれの旅の思い出にケチつけるのか」と唇を震わせた。

それが冗談や演技で言っているように見えないので、辰夫さんも当惑して黙ってしまった。

しばらく沈黙が流れたのち、友人は気を取り直したようにテーブルの下に手を差し入れると、

「いけね、渡すの忘れるところだったよ」

そう言いながら皺《しわ》のあるクラフト紙でできた紙袋を取り出した。

辰夫さんが礼を言って受け取り、中を覗くと乾燥昆布のようなものが一枚だけ袋に直に入っていた。

何だろうと思ってじっと見ていると「触らないのか？」と友人が言った。

変なことを訊くと思ったが、言葉につられて手に取ろうとすると昆布がひょいと動いて辰夫さんの指先から逃げたように見えたという。

袋が傾いたんだと思って、もう一度掴もうとすると寸前にまたひょいと逃げる。

よく見れば、それは昆布のように黒くて薄いけれどお地蔵さんのかたちをしていた。

お地蔵さんの頭部にあたる部分に、顔のように見える凹凸がある。

その顔が口を歪めて笑ったので、思わず辰夫さんは紙袋ごと放り出してしまった。

すると友人は驚くほどの大声を上げてそれを拾い上げた。

そのまま怒ったようにぶつぶつ何か意味のわからないことをつぶやきがら店を出ていってしまった。

呆然と見送った辰夫さんは、いつのまにか自分の右手首から先に蜘蛛の巣らしきものがねっとりと絡み付いているのに気づいたという。

さっき紙袋に突っ込んでいたほうの手である。

絡まった蜘蛛の巣には小さな枯葉や羽虫の死骸がたくさん付着していた。

後日友人からは「あの時は感情的になって悪かった」という謝罪のメールが来たが、本文の途中から一転して辰夫さんを口汚く罵《ののし》っていて、その内容も意味不明だったのでそのまま返事を出さなかったそうだ。

それきり音信不通で、今何をしているかも知らないという。

なんでもありません

衛《まもる》さんが中学生の頃のこと。

近所のマンションのごみ集積所に、当時人気のあった漫画の単行本が十数冊まとめて捨ててあったことがあった。

衛さんは喜んで束のまま家に持って帰った。

自分の部屋に持ち込んで紐を解き、さっそく一巻から読み始める。

本はあまり読まれた痕もなくきれいなもので、読み終えたら古書店に売って小遣いにしてもいいな、と衛さんは思った。

たしか五巻目の半分くらいまで読んだときだという。

窓の外に人が立っているような気配がすることに気づいた。

カーテンが閉まっていて見えないが、たしかに人がいるようだ。衣擦《きぬず》れや息づかい、かすかに地面を踏みしめるような音などが伝わってくる。

そこは隣家との境の塀があるところで、家と塀のあいだにはわずかな隙間しかない。

当然、普段は人が通ることもない。何か業者の人に家の外壁や塀の修理でも頼んだのだろうか？　そう思った衛さんはそっとカーテンをめくってみた。

すると窓の外に赤いぼんやりとしたものが見えた。

その窓は加工のない、外の景色がはっきり見えるタイプのガラスだったが、赤い物体は、なぜか磨《す》りガラス越しのようにぼやけて輪郭がはっきりしない。

赤いものは風船くらいの大きさがあったという。

唖然としてしばらくそのまま見ていると、まるで子供が風船を手放したときのように急に浮かび上がった。

窓枠の外に消えたそれを見上げようと、衛さんが窓を開けた瞬間、何かに思い切り顔面を殴られた。

目の前に火花が飛んで、わけがわからないままその場に座り込んだ衛さんの耳元に、

『なんでもありませんよ、ということでした』

女子アナのようなきれいな発音の声がそう言うのが聞こえた。

我に返ると外はすっかり暗くなっていた。

部屋の照明をつけると、拾ってきた漫画の単行本はみな泥水に浸けて乾かしたみたいにひどい状態になっていたという。

褐色の染みで汚れて紙は反り返り、まるでずっと前にそうされたもののように固まっていた。

続きを読むのをあきらめて、衛さんはふたたびそれらを紐で束ねるとゴミに出した。

夜のうちに集積所に置いたのだが、翌朝学校へ行くとき前を通ると、まだ収集車は来ていないのに、衛さんの出した束だけはすでになくなっていた。

持ち去られたのかもしれないが、あきらかに読めた状態でないのは束になっていてもひと目でわかるはずだった。

不思議だったけれど衛さんはこのことはあまり深く考えないことにした。

考えすぎると、何か厭なことに気づいてしまいそうな予感がしたからである。

空似

フリーライターのEさんは以前雑誌の取材で、某俳優のインタビューをしたことがある。

その中堅男優がインタビュー後の雑談でこんなことを言い出した。

「ぼくEさんにそっくりな人に会ったことありますよ。昔世話になった飲み屋のマスターなんですけど、ご親戚とかではないですよね？　K町で×××っていう店をやってたヤブさんっていう人なんだけど……」

だがEさんには思い当たるような親戚はいなかった。

そう告げると男優はちょっと残念そうな顔をした。

「十五年近く前かな、貧乏だった頃によく飲みにいった店でね。飲んだ酒の五分の一くらいしか代金払ってないんじゃないかな。売れたらそのぶん十倍にして払ってもらうし、改装の資金も出してもらうぞ、なんて冗談で脅されてたんですけどね」

ある日突然店を閉めてしまい、以来消息がわからないのだそうだ。

マスターは霊感のある人で、興が乗ってくると常連客相手に〈霊感占い〉のようなことをしてくれたという。

「ぼくは半年以内に舞台で足を骨折するっていうのと、小さい映画だけど主役の仕事が来るって言われて。どっちも現実になったんですよね、その時にはもうマスターの店はなくなってたけど」


数年後、Eさんは夜中にネットを見ていたらその男優のブログを偶然見つけて、記事を遡《さかのぼ》って読んでいったら件《くだん》のマスターと思われる人の話が書かれていた。

なんとそのマスターと知人の誕生会で再会したという話で、写真も掲載されているらしいのだが、なぜかEさんのパソコンでは真っ黒に潰れていて画像が見えなかった。

自分とそっくりだというマスターの顔が気になって、写真が見られるよういろいろと試していたら、その一時間ほどの間で記事じたいが削除されたらしく表示されなくなってしまった。

翌日にはブログそのものがなくなっていたので、幻でも見たような気がするとEさんは言う。

犬といえば犬

静子さんは二度めの離婚をしてしばらくのあいだ、実家に戻って暮らしていたことがある。

　家には当時まだ健在だった両親と、独身の兄が住んでいた。兄は定職に就かず友人の商売を手伝ったり、日雇いの仕事に出たりしていたが、たいていの日は家にいるか近所のパチンコ屋に一日中こもってパチンコを打っていた。

　その兄がある日の昼頃、急に家に帰ってきたので「仕事じゃなかったの？」と静子さんが声をかけた。

　すると兄は半開きにしたままの玄関ドアの外を気にしながら、

「何かさあ、ついてきちゃったんだよね」

　そう言ったきりまた黙ってドアの隙間をちらちらと窺《うかが》っている。

「何がついてきたの？」

　静子さんがそう訊ねても黙って首を横に振るばかり。

なので静子さんが身を乗り出して外を見ようとすると、兄はあわてたようにそれを遮《さえぎ》った。

「何すんのよ、気になるでしょ」

そう言って静子さんがなお外を覗き見ようとすると、兄はドアを完全に閉じてしまって、そのまま鍵を掛けてドアレンズから外を窺っている。

「勝手についてきちゃったんだよ、おれはべつに何もしてないよ」

「だから何がって訊いてるんでしょうが！」

静子さんはいらいらして声を荒げた。困ったような顔をした兄は少し考えてからぽつりと、

「たぶん犬」

そう言うとドアに耳を当てて、外の音を気にするようなそぶりをしたという。

「たぶんって何なの、どこかの飼い犬が逃げてきたんじゃないの？」

静子さんが言うと、兄は自信なげに付け加えた。

「犬といえば犬なんだけどね、でも違うといえば違うんだよなあ」

静子さんは呆れて、また兄の様子がどことなく気味悪くもあったのでそのまま放ってお

くことにした。

それから兄は時々玄関でおかしな挙動を見せるようになった。

難しい顔でドアレンズをずっと覗いていたり、何かに怯えるような様子を見せるだけでなく、時には少年時代に愛用していた野球のバットをどこからか探してきて、それを威嚇《いかく》するように振り上げドアに向かって仁王立ちしていることもあった。

何をしているのかと静子さんが尋ねても曖昧な返事しか、かえってこなかった。

両親は息子のあきらかな異変になぜか無関心で、静子さんが心配して相談しても、

「べつに誰に迷惑かけているというわけでもないし、放っときなさい」

そう素っ気なく答えるだけだった。

兄はすっかり家の中に閉じこもりきりになり、仕事にもパチンコにも行かなくなっていた。

静子さんも家にいることが多かったから、おのずと兄と二人きりになる日が増えた。

ある午後のこと、静子さんが友達に会いに出かけようとするとまた兄が玄関でドアに顔を押し当てている。

「ちょっと、出かけるんだからどいてよ」

苛立ちを隠さない声でそう言ってから、静子さんは違和感をおぼえた。

兄はドアレンズよりずいぶん低いところに顔をくっつけている。だが耳を当てているのではなく、なぜか顔を正面からドアに当てていた。

まるでそこにドアレンズとは別の覗き穴でもあるかのようだ。

通してよ、と静子さんがもう一度声をかけると兄はあっさり体を横にずらした。

するとドアの今まで兄が顔をつけていたところに、テニスボールほどの穴が開いていた。

そこからちょろちょろとピンク色の舌のようなものが、出たり引っ込んだりしている。

その長さや薄さから犬の舌のようにも見えた。

「どうして⁉」

そう叫んで兄の方を見ると、兄も静子さんに顔を向けた。

その顔には、肌色の剥《む》き卵のように目鼻口が何もなかった。


仕事から帰宅した母親に揺すられて意識を取り戻したとき、静子さんは玄関の土間にうつ伏せに倒れていたらしい。

見ればドアには穴など開いておらず、穴があったはずの場所には小さな×印のように見える傷がうっすらとついていた。

兄は自分の部屋にいるようで、母親が階段の下から声をかけると返事があった。だが静子さんはさっき見た〈のっぺらぼう〉の兄が強烈に脳裏に焼きついていて、いつあの姿で現れるかと思うと気が気ではなかった。その記憶のおぞましさと、自分が見たものが信じられないせいで両親にも何も話せなかった。

やがて夕飯の時間になって、階段を下りるスリッパの音が聞こえてくると思わず逃げ出したくなったが、食卓に現れた兄はいつも通りの眠たそうな目と無精髭《ぶしょうひげ》の顔だったという。ただ肌の色だけが少し黒くなっているような気がした。まるで一日外にいて日に焼けてきたような顔色だったが、なぜかシャツの袖から覗く両腕は生白いままだったそうだ。

ほどなく静子さんは実家を出て一人暮らしを始めたが、それからも兄は何もせず家にこもって〈玄関の見張り番〉を続けたようだ。その生活は兄自身が六年後に肝臓《かんぞう》病で亡くなる直前まで続いたようである。

川奈《かわな》まり子《まりこ》

作家。著書に『赤い地獄』『出没地帯 実話怪談』、共著に『嫐 怪談実話二人衆』『女之怪談 実話系ホラーアンソロジー』など。官能小説の著作もある。

指籠《さしこ》の人

【我邦十何万ノ精神病者ハ実ニ此病ヲ受ケタルノ不幸ノ外ニ、此邦ニ生レタルノ不幸ヲ重ヌルモノト云フベシ】~呉秀三《くれしゅうぞう》『精神病者私宅監置ノ実況及ビ其統計的観察』より

久保《くぼ》家のガートルードこと私は、クローディアスこと田渕正浩《たぶちまさひろ》を後ろに従えて、久保家当主の信二《しんじ》の寝間に入った。一家の者から日頃は亡霊として扱われるようになって久しい信二が、息を吹き返す瞬間だ。白く濁った眼を見ひらいた夫に、私は侮蔑《ぶべつ》と昔日《せきじつ》の情欲の名残をまぜこぜにした視線を投げかける。

久保家の親戚筋の青年である正浩も、近ごろでは信二を馬鹿にすることに慣れて、平気でこの病人の前で私とまぐわうようになった。書生だった正浩の童貞を奪ったのは私で、それまで交合を誰かに見せつけることなど思いもよらなかった初心な男が、こうなるのは存外に早かった。近頃では、私の娘の彩《あや》に手をつけているのだから、若い男なんて、しょうもない生き物だ。

彩といえば、あれは十八になるが、外の世界というものをついぞ知らない。

ずいぶんと前、たしか大正八年に精神病院法が施行されたことは私も承知しているが、構うものかと私宅監置を続けている。あそこの居心地は、まあ、悪くないはずだ。桧格《ひのきごう》子《し》の指籠はいつも、ハムレットこと仲夫《のぶお》によって隅々まで拭き清められており、寝食には困らない。綺麗な振袖を着せてやっているのは彩が晴着を好むからで、つまりそれぐらいの我儘《わがまま》を私が許しているということだ。

正浩と繋がり、結合部を寝たきりの信二に舐めさせていると、障子《しょうじ》のすきまから覗いている仲夫と目が合った。なんて間抜けなつらつきをしているのかしら。冬の野良犬みたいな、あのしおたれたようす、卑《いや》しいったら、ないわ。あんなふうに育てたおぼえはありません。それをいったら彩も、見てくれだけは薄紅色した牡丹《ぼたん》の花みたいに美しいけれど、おつむがあの調子では、死ぬまで、いいえ、死んでも人前に出すわけにはまいりません。

――シェークスピアの『ハムレット』を基にして溜《ため》さんが脚本《ほん》を書いた『淫母』に出演したのは、二〇〇一年の三月頃だった。撮影に使ったハウススタジオは、たしか世田谷区三軒茶屋《さんげんちゃや》にあったように思うが、もしかすると記憶違いかもしれない。

二〇一六年十月現在、三軒茶屋辺りには、あのようなハウススタジオは影も形もない。もういっぺん訪れたいと思い、三軒茶屋に限らず世田谷区全域を探してみたが、見つけることが叶わなかった。ただ、『淫母』のパッケージ写真と私の記憶のなかに、奥へ行くほど畳が暗くなる旧家然としたたたずまいの片鱗《へんりん》をとどめるばかりである。DVDなら画像を再生することもできようが、『淫母』はVHSであり、今の私には見るすべもない。

もっとも、伝手《つて》を頼れば見られると思うし、心当たりもあるけれど、そこまでする必要はないだろう。このたび私が肝腎《かんじん》だと感ずるのは、あの屋敷には指籠、つまり、いわゆる座敷牢《ざしきろう》が在ったということのみなのだから。

十五年ほど前までは、世田谷区内の住宅街の片隅に、時代から取り残されたような平屋造りの屋敷が建っており、その奥座敷が座敷牢に改造されていたのである。

世田谷区立教育センター内「せたがや平和資料室」にある戦災地図で確かめればわかるが、世田谷区は第二次大戦の東京大空襲で区の面積にして三割しか焼けなかった。その頃の世田谷区のほぼ半分は農村地帯で、米軍は熱心に狙う必要なしと判断したものと思われる。だから、古い建物が比較的、良い状態で残っているのだ。

精神病者の私宅監置が禁止されたのは一九五〇年だが、あの屋敷はもっとずっと前に建てられたものだろう。全体に古色蒼然《こしょくそうぜん》とし、一見、贅沢な豪邸のようだが、足を踏み入れたら、そこここに傷みが目立ち、住むには適さなくなっていることは歴然としていた。戸を閉め切っていてもどこからか隙間風が入り、滅多に替えられることがなくなった畳は一歩踏み出すごとに気色悪く沈んだ。廊下の床板はたわみ、柱には白蟻《しろあり》が噛んだ痕がゴールのない迷路を描いていた。

いかにも幽霊が出そうな雰囲気の屋敷だった。日が沈むとキーキーギシギシと家鳴りがし、それになんといっても頑丈そうな格子が付いた座敷牢の存在が不気味である。

おまけに、あの作品はＡＶにあるまじき陰惨なドラマで、全編とにかく暗かった。溜さんは日頃は冗談ばかりいう飄々《ひょうひょう》とした男で、創る作品の大半もポップなお色気コメディの類なのだが、たまに、暗く淫靡《いんび》なドラマを考えついた。

『淫母』の舞台は大正時代。色情狂の悪妻が、夫に毒を盛って寝たきりにさせ、書生を愛人にして変態的な性行為に耽溺《たんでき》したあげく、実の息子とも交わる。実の娘は精神を病んでいるのか脳に欠陥があるのかわからないが挙動がおかしく、座敷牢に閉じ込められている。その娘を書生が強姦。その後、息子と娘も近親相姦し、息子も頭がへんになり、ラストシーンは、たしか、息子が万華鏡を覗き込みながらクルクルと回る場面だった。

そんな陰惨な話ではあるが、私は悪役を演じるのが楽しかった。また、大正時代に流《は》行《や》ったという束髪《そくはつ》に髪を結ってもらい、高価な着物を着せてもらえるのが嬉しかった。が、しかし、やがて夜になり、縁側の外が真っ暗になってくると、鳥肌がおさまらなくなってきた。あの座敷牢が怖い。同じ建物の中に在るというだけでも恐ろしい。

私宅監置制度は、精神に問題のある人を養う中流以上の家庭で多く利用された。

――叔母のことを思い起こさずにはいられなかった。

父方の叔母は、若い頃、包丁を手に実の息子と娘を追い回して措置《そち》入院してからこの方、精神病院に入院している。撮影当時でも、すでに二十年以上、入院しっぱなしだった。

叔母を病院から出すことは論外だ。一族皆がそう思うようになって久しい。なにせ、仮退院させるたび、相手が血縁者だろうが他人だろうが見境なく、本気の殺意のこもった暴力を振るい、即座に病院に舞い戻ることになってきたのだから。

そんな叔母だが、本格的におかしくなってしまう前は、たいそう美しい人だった。

私が幼児の頃は、叔母はまだ実家にいた。つまり私の祖父母の家ということになるが、これが、私が両親や妹と住んでいたアパートの下の階の部屋で、遊びに行くと、よく叔母が相手をしてくれた。

「これ、あげる」

あるとき叔母がそう言って、白魚のような指で飴の包みをつまむと、私の湿った掌《てのひら》にポツンと落とした。今思えば、あれは不二家のノース・キャロライナだった。私が生まれた翌年の昭和四十三年に発売された袋売りのソフトキャンディで、平成六年頃まで売られていた。

苺《いちご》やメロン、ミルク風味やチョコレート風味のヌガーを狐《きつね》色のキャラメルで巻いてあるのが特徴だったが、単調なグルグル模様の飴が八、九割で、一袋の中にほんの少しだけ、市松模様や花模様など、ちょっと凝った巻き方をしてあるのが混ざっていた。

花模様の飴はいちばん珍しくて貴重であり、そのぶん味も良く感じられたものだ。

叔母がこのときくれたのは、ピンクと白の花模様の飴だった。

「お花の、いっとう好きでしょう？　あげるから、一緒に公園に行きましょう」

祖母が心配して、奥の間から声をあげた。

「大丈夫かい？」

振り向くと、祖母は針を操る手を止めていた。祖母は有名な呉服店の下請け職人であり、プロの着物の縫い子だった。このときも膝の上に目も綾《あや》な金箔や刺繍《ししゅう》入りの友禅を広げていたはずだ。この世田谷区下馬のアパートの、しょっぱいような六畳間には似つかわしくない豪奢《ごうしゃ》な衣装を、呉服店に内緒で、祖母はこっそり叔母に着せてみることがあった。

——彩が着ていたような振袖を。そういえば、あのアパートと座敷牢の屋敷は、私の心の中でも地図上においても、ずいぶんと近い——。

叔母に連れられて公園に行ったことは、よく憶えている。たぶん、あの一回きりだ。なぜなら私は、片一方の二の腕の内側に火傷《やけど》を負って、泣きながら帰るはめになったから。ゾウリムシのような形をした幼児の掌ぐらいの大きな水ぶくれが出来て、臭い軟膏を塗りたくられ、ガーゼをあてた上から包帯をぐるぐると巻かれ、最初のうちは痛く、後には痒《かゆ》くてたまらなくなり、ずいぶん長いこと苦しめられた。

叔母は、コンクリート製の滑り台が日光で熱くなっていて、そこに私が腕をつけたために火傷をしたのだと祖母に説明した。

それは本当だったのだろうか。

もうわからない。火傷をしたときのことだけ、記憶からすっぽり抜け落ちている。

憶えているのは叔母の顔。叔母は、べそをかいている私を覗き込んだときも、その後、祖母に説明していたときも、同じ表情をしていた。

微笑《ほほえ》みが貼りついた仮面を、この叔母は外したためしがなかったのだ。

我が子を包丁で刺そうとしたときも、そうだったろうと思う。


座敷牢のあるハウススタジオは、夜が更《ふ》けるにつれ家鳴りが酷くなった。

「ラップ音じゃない？」と誰かが屁《へ》っ放《ぴ》り腰になってつぶやいた。

「騒ぎすぎだろう、この家。マイクに音が入っちゃうよ。幽霊さん、お手柔らかにお願いしますよ」音声マンは、そうぼやいた。

しかし、絡みのシーンになると、不思議と家鳴りはなりをひそめた。静寂に、芝居の喘《あえ》ぎ声や衣擦《きぬず》れが響く。何者かが、息をつめて私たちに注視している。そんな感じを覚えた。

私の裡《うち》には、日暮れからこの方、誰にも聴こえはしないが低い音で恐怖が鳴り続けていた。座敷牢の娘、彩に餌を与える場面で、それは一気に高まった。

格子をはさんで若い娘と対峙する。と、そのうつろな顔と華麗な友禅の着物に、間違いなく見覚えがあったのだ。

「おまえなんか、死ねばいいのに」

私の口をついて出た台詞《せりふ》は、本心からのものだった。正しく殺さねばならぬ。

「お母さん、私をここから出して」

棒読みの台詞は、この場合、真に迫っていた。常に微笑しているような美貌も。

うん、やはり殺そう。やらねばやられる。だから、どうしても殺す必要がある。

第二の叔母を目の前にして、精神病院にいる叔母の気持ちが理解できた。

全身の毛穴が開き、ぷちぷちと湧き出してきた汗は、かつて感じたことのない冷たさで、ともすれば膝《ひざ》が笑いそうになりながら、私は餌の皿を格子の隙間に乱暴に突っ込んだ。

殺意を押し殺すための途方もない努力のせいで全身を小刻みに震わせながら、なんとか台本に書かれているとおり一歩後ろに下がる。するとすぐに、振袖を着た娘が、手も使わず、獣のように皿に顔を伏せて餌を貪《むさぼ》りはじめた。

すぐにカットが掛かったからよかったようなもので、もう少しあの場面が長かったら、私が檻に入るようなことになっていたかもしれない。

ギシギシキッキと軋《きし》む屋敷での撮影が終わり、私と溜さんは家路につこうとしていた。

制作スタッフにタクシーを呼んでもらい、二人で屋敷の前から乗り込もうとするとき、名前を呼ばれた気がして振り返ると、明かりを背負ってシルエットになりながら女性が一人、縁側に立ってこちらを見ている。

娘の彩、もとい、共演したＡＶ女優さんではないようだ。彩は市松人形のように髪をおろしていた。縁側の人影は、着物姿で髪を結い上げており、肩幅が狭く、年輩の女性のように思われた。

逆光になっていて、距離もあるため顔などはわからないが、強いていえば、久保家の悪妻に扮した私に背格好や髪型が似ているようだ。

誰だろうと思ったが、溜さんに強く促されてタクシーの後部座席におさまって、もういちどそちらを見たときには、そこに立っていたのは束髪の着物姿の女性ではなく、普段から霊感があると自称している大阪出身の男性スタッフだった。

彼は縁側から私に向けて右手をブンブンと振って見せながら、大きな声を発した。

「ねえさぁん、気ぃつけてやぁ！」

溜さんは「なんだあいつ」と呆れてから、私に訊ねた。

「川奈、何か見たのか？」

何も、と私は嘘をついた。ここは「出る」という噂があるのだと溜さんは教えてくれて、それは私も知っていたけれど黙っていたら、彼は「座敷牢があるからなぁ」と呟いたきり黙った。なんだろうと思えば眠っていて、麻布十番《あざぶじゅうばん》のマンションに帰るまで私の男は目を覚まさなかった。

それから四年ぐらいして、私はインターネット上に興味深いウェブサイトを見つけた。『少年犯罪データベース』という、日本で起きた少年犯罪の記録集のサイトである。その主宰者、管賀江留郎《かんがえるろう》氏は、のちに、『戦前の少年犯罪』と『道徳感情はなぜ人を誤らせるのか』という素晴らしい著作を為すのだが、それはさておき、私はまずはウェブサイト『少年犯罪データベース』の愛読者になった。

その後、また三年ばかり経過して、たぶん二〇〇七年頃だと思うが、同サイトで私は、とある事件の記録を見て、何事かを思い出しかけた。

二〇〇八年頃だったろうか。AV女優を辞めて四年ばかり経過しており、私は溜さんとの間に生まれた息子を育てながら、小説教室に通っていた。

もしかしたら二〇〇九年だったかもしれないが、初めて長編小説を上梓《じょうし》したのが二〇一一年だから、それより前であることは確かだ。もしもプロの作家の自覚が当時からあったら、「とある事件の記録を見て、何事かを思い出しかけた」挙句、裏取りもせずメモも残さず、すっかり忘れるような間抜けな真似はしなかったのだが。

しかし、その頃の私はのんびりしていて、蘇りかけた記憶の正体を突きとめることはせず、まだ幼児だった息子がピャーと泣いた途端、ただちに忘れた。

それが、今回、実話怪談を書くことを依頼されて、なんとなく『淫母』に出演したときのことを思い出し、当時の資料を引っ張り出して見ていたら、ふいにその記憶も蘇った。

まさかと思い、『少年犯罪データベース』を当たってみたら、間違いなかった。

二〇〇八、九年頃、ここで見つけた世田谷の資産家女性殺人事件の記録から、私は、二〇〇一年に訪れた座敷牢のある屋敷と、そして叔母のことを想起したのだった。

昭和三年（一九二八）六月二十七日、東京市世田谷区松沢町《まつざわちょう》上北沢《かみきたざわ》の屋敷に、東京美術学校彫刻科に通っていた二十歳の学生、谷口富士郎《たにぐちふじろう》と、その次弟で、日大第二中学四年生の省二郎・十八歳が押し入り、その家の当主である資産家の女性・六十六歳を用意していた石彫用の金鎚《かなづち》で殴打したのち、電線を使って首を絞めて殺害し、二円三十銭と懐中時計などを盗んで逃走した。

当時の一円は今の二千五百円から三千円程度だというから、二円三十銭は六千円弱ということになる。懐中時計が値打ちものだったとしても、強盗殺人の代価としては安い。

たったそれだけを強奪するために殺人者となった谷口富士郎は、事件を隠蔽《いんぺい》するために、それから三ヶ月と少しして共犯で弟の省二郎も金鎚で殴殺してしまい、さらに、その下の弟である十七歳の三男に死体の処理を手伝わせた挙句、殺害しようとした。

からくも三男は命は助かったものの、富士郎によって精神異常者の烙印を押されたうえ、精神科専門の医療施設である東京府松沢病院に放り込まれた。

東京府松沢病院は、都制に移行すると同時に東京都立松沢病院と名を改め、現在では最新医療を行うことで知られるが、戦前までは、明治時代の精神病院の呼称「癲狂院《てんきょういん》」と呼ばれることもあったという。「世田谷の癲狂院」といえば松沢病院だったそうだ。

この一連の事件が発覚したのは、昭和五年、中耳炎《ちゅうじえん》をこじらせた三男が、死期が近いことを悟って、松沢病院の医師に罪を告白したことによる。

警察の捜査が再開され、主犯の長男、富士郎が逮捕され、住んでいた家の玄関から省二郎の遺体が発見され、資産家女性殺人事件の謎も解けた。

三兄弟は医者の息子で、実家は裕福であり、勉学のために三人そろって上京していたが、富次郎の浪費癖がたたって金に困り、知り合いの資産家女性を襲うことになったのだった。

富士郎も逮捕後に精神を病んで松沢病院に入った。

殺された資産家女性の屋敷と松沢病院は、同じ世田谷区松沢町上北沢にあり、女性の怨念が殺人者を逃すまいとして引き留めたようにも感じられる。

もっとも、富士郎は刑罰を逃れるための方策で、詐病を使って入院したのかもしれないとも思う。しかし結局は、昭和十年に無期懲役の判決を受けたそうだ。当時、獄中の刑事犯は過酷な強制労働に就かされることが多かったという。富士郎のその後の消息は不明である。

座敷牢のあったハウススタジオは、もしかすると三軒茶屋というのは私の記憶違いで、本当は上北沢にあったのだろうか。私が見た、縁側に立つ年輩の女性のシルエットは、昔々に殺された資産家女性の霊だったのか……。

……あまり妄想に深入りしない方がいい。叔母の方に吸い寄せられてしまうから。

私が世田谷区のアパートに暮らしていたのは、幼稚園を卒園するまでの五年余りのことだった。叔母は私が年少組の頃に、勤めていた会社を辞め、ずっと家にいるようになった。叔母の顔は陽にあたらないせいで肌の色が蚕《かいこ》のように真っ白になり、次第に仮面じみてきて、やがて幼心にも、そこはかとなく尋常ではない気配を叔母が発していることが感じ取れるようになった。

火傷の一件からだいぶ経ったあるとき、私が下の階の部屋へ祖母を訪ねていくと、祖母は留守で、友禅や金襴緞子《きんらんどんす》の帯地が畳が見えないほどにおびただしく乱れ広がった中から、寝そべった叔母が顔だけ覗かせていた。

「あら、いらっしゃい」

仰向けに横たわったまま首をこちらに巡らせて、叔母は私を迎えた。

今、思い浮かべるその光景の中では、叔母はオフィーリアだ。絢爛華麗《けんらんかれい》な反物の川に浮かんでいるオフィーリア。皮膚ごと心までも文字通り白紙化された顔に、永遠の微笑《ほほえ》みが刻印されている。

今、私は惑《まど》う。万が一、オフィーリアが精神病院から退院することになったらどうしようかと。縫い子だった祖母は何十年も前に死に、両親は年寄で、妹は子持ちのシングルマザーだ。必然的に、私にお鉢がまわってくるにちがいない。

やらねばやられる。

どうしたら、と途方に暮れる私もまた、いつのまにか檻に閉じ込められている。

思うに、私の精神というものは、きらびやかな友禅と花模様のノース・キャロライナの指籠である。おつむがこの調子では、死ぬまで、いいえ、死んでも檻から出すわけにはまいりません。

ぼくはどうしてもやめられないんです

　せんだって本棚を整理していたら、荒川区南千住のスタジオで撮られた週刊誌のグラビア写真が現れた。約十七年ぶりの再会である。三十一になって間もない私の肉体は瑞々《みずみず》しく、最近のそれとは艶《つや》も張りもまるで違う。全裸にエプロンという阿呆みたいな格好ですらさまになっているのだから呆れた。

　この撮影が、私にとって初めてのグラビア撮影だった。ヌードや水着の写真集を何冊も出したことがあるというカメラマンは歴二十余年のベテランで、私の緊張を解きほぐそうと思ってか、会話の糸口を見つけようと懸命だった。

　彼に問われるまま、私はここに至った経緯を話した。離婚したこと。男たちのこと。騙されたこと。最近つきあいはじめた男のこと。

　私はそのとき、性欲に手綱《たづな》を取られ、市中引き回しの刑よろしく、乱暴に引きずり回されている只中にあった。このカメラマンも南千住のスタジオも、私の性欲が迷走する地図上の一点にすぎない——というようなことが伝わったようで、カメラマンは突然、日本最後の斬首刑に処された女性、高橋お伝《でん》の話をしはじめた。

ここ南千住《みなみせんじゅ》には高橋お伝の墓所がある小塚原回向院《こづかはらえこういん》という寺があり、お伝は明治時代、稀代の毒婦と謳われたとのこと。最初の夫を毒殺し、妾や街娼として男から男へ渡り歩き、ヤクザの情婦となり、金のために別の男に抱かれ、そいつに騙されたとみるや殺害した、と、彼は見てきたように語った。とりあえず、博識ぶりを私は褒めた。すると彼は、焼きたてのパンにのっけたバターみたいにでれでれと照れた。

「いや、それほどでもないけどね。お伝っていうのは凄い美人だったらしいよ。それで、性器はホルマリン漬けの標本にされて、髑髏《どくろ》も取っておかれたんだって」

のちに、カメラマンの話はところどころ間違っていたことがわかったが、そのときの私は高橋お伝にシンパシーを感じた。

数ヶ月前に離婚して、「高橋」という旧姓に戻っていたせいかもしれない。

また、私を騙した男への殺意が、まだ完全には消えていなかったからかもしれない。

お伝への親近感は今も持ち続けていて、このときのグラビア写真を見つけた瞬間も、私のセックスもお伝の性器のように標本にされたのとさして変わらないと思ったものだ。

ともあれ私は、そのときの撮影後に、小塚原回向院のお伝の墓に行ってみたのだった。

そして小塚原回向院というお寺や、南千住という土地に関心を持つようにもなり、お伝だけでなく、暇をみては少しずつ南千住界隈の奇譚を集めはじめて、今に至っている。

カメラマンの話がところどころ間違っていたと書いたきり放っておくのも無責任なので、まずは、高橋お伝について正しいことを記しておく。

嘉永《かえい》三年（一八五〇）、当時は上野国《こうずけのくに》と呼ばれた群馬県生まれのお伝は、生後すぐに養子に出され不遇な子供時代を送ったのち、慶応二年（一八六七）高橋浪之助《なみのすけ》と結婚。ようやく幸せになれるかと思いきや、浪之助は癩病《らいびょう》に罹《かか》り、名医を求めて夫婦で横浜に転居し、治療費を稼ぐためにお伝は娼婦になった。そんなお伝の苦労もむなしく、結婚五年目にして浪之助は死去。やがてお伝は小川市太郎《おがわいちたろう》という男と同棲するようになり、二人で商売を始めたが失敗、借金を抱えてしまう。悩んだお伝は異母姉の夫、後藤吉蔵《ごとうきちぞう》に金を貸してくれるよう頼んだが、吉蔵は、代償として夜伽《よとぎ》一回を申し付けた。お伝はこれを了承、浅草の旅籠屋で吉蔵と一晩同衾《どうきん》したが、吉蔵は約束をたがえて金を寄越さない。そこで寝ている吉蔵の喉を剃刀《かみそり》で切り裂いて殺害したのち逃走。

お伝が吉蔵を殺したのが明治九年（一八七六）八月のこと。逮捕は翌月だった。

現在の新宿区富久町《とみひさちょう》にあった市ヶ谷《いちがや》監獄で斬首刑が行われたのは明治十二年（一八七九）。お伝は享年二十九、美貌が衰えぬまま此の世を去った。この年、岡本勘造《おかもとかんぞう》の『其名も高橋毒婦の小伝・東京奇聞』と仮名垣魯文《かなぎろぶん》の『高橋阿伝夜叉譚《たかはしおでんやしゃものがたり》』が出版され、また、黙阿弥《もくあみ》の脚色による新狂言『綴合於伝仮名書《とじあわせおでんのかながき》』が上演され、いずれも大ヒット、空前の「毒婦お伝」ブームが来たという。

これらのストーリーは多分に脚色されていたことが、今日ではわかっている。お伝の短い一生は、乱暴に暴かれたうえ、戯作者たちによって装飾され捻《ね》じ曲げられ、世間はそれを歓迎した。

そして一方、生前、娼婦として数々の男たちに向けて開陳されてきたお伝の肉体の方はというと、こちらもまた、斬首後、警視庁第五病院で腑分《ふわ》けされ、内臓までもくまなく白日のもとに晒《さら》された。

性器は切り取られて、ホルマリンではなく、アルコール漬けの標本にされ、頭蓋骨は洗われて、別々の場所で保存されることになった。

お伝の性器は東京大学医学部で保管されていたといわれていたが、二〇一三年に出版された大橋義輝《おおはしよしてる》氏によるルポルタージュ『毒婦伝説―高橋お伝とエリート軍医たち』によれば、昭和三十年代に東大医学部でそれを見たという目撃談はあるものの、今日の東大医学部標本室では見つけられなかったという。

明治三十五年頃から報知新聞にコラムを連載していた篠田鉱造《しのだこうぞう》が著した『明治開化綺談』(一九七五年　角川選書(絶版))によれば、お伝の性器が保存された理由は、「別段学術上資料といった意義のあることではなく、多情の女ゆゑポップがあるかどうかといった位の意味で、序に演ったに過ぎず」と昭和十一年に元軍医・高田忠良《たかだただよし》が語ったとある。

お伝のアルコール漬け性器というのは、外性器のみならず子宮や膣までもスッポリと抉りとったものがブヨブヨとふやけている、腐った蛸《たこ》と鮑《あわび》の合体物みたいな代物だったが、高橋お伝の名が冠されているがゆえに「ポップ」があった。太平洋戦争直後に浅草の松屋デパートで公開されたのも大衆ウケが期待できたからだろう。

お伝の生首の方も、長期保存可能な乾いた髑髏にされ、浅草の宮田《みやた》という漢方医の所有となった。こちらも、性器と同様、今どこに在るのか不明である。

お伝は首を落とされる前に、市太郎に一日会うまでは死ねないと訴えて暴れたせいで、首斬り役人の刃先が狂い、後頭部と顎に無駄に深手を負って、傷口から流血し、苦痛にのたうちながら首を落とされたそうだ。

宮田家所蔵の髑髏の後頭部にも刀傷が刻まれていたという。

斬首から十年後の三月、夢幻法師という旅の僧侶が宮田のもとを訪れ、「拙僧は俗名小川市太郎といい、高橋お伝が情夫のなれの果てである」と名乗った。彼は頭蓋骨を撫でて刀傷を確認し、まさしくお伝の首であるといって涙したそうだ。


そういうわけで、高橋お伝の遺体については、小塚原回向院に埋葬されているのは、美しかった顔も、多くの男たちと交合してきた性器も喪失した、虚《むな》しい残骸だ。

つまり「ポップ」な部分は剥《は》ぎ取られ、それ以外のところは、他の罪人の亡骸《なきがら》と同じように自動的に小塚原回向院に送り込まれたわけである。

小塚原回向院は寛文《かんぶん》七年（一六六七）に建立されてからというもの、刑死や獄死した者を弔《とむら》ってきた。よそで処刑されても、罪人であれば、江戸では小塚原回向院に葬られることが多かった。

そこにはこんな経緯がある。

もともとこの一帯には、江戸三大刑場のうちで最も規模が大きいことで知られる小塚原刑場があった。慶安《けいあん》四年（一六五一）に完成した処刑場で、その広さはざっと一七六四坪（間口約一〇八メートル、奥行約五十四メートル。五八四四平方メートル）。アメリカンフットボールのコート（五四〇〇平方メートル）とジュンク堂書店池袋本店（六六一四平方メートル）の間ぐらいの広さといえば、想像できるだろうか。

広いから、という単純な理由だけとは思えないが、現在の日本橋小伝馬町《にほんばしこでんまちょう》にあった伝馬町牢屋敷で処刑された遺体も、どういうわけか小塚原に放り込まれていたそうなのだ。高橋お伝はじめ、他所で処刑された亡骸であっても小塚原回向院で葬ったのは、この流れを汲んだものだろう。

小塚原でも当然、磔刑《たくけい》・火刑《かけい》・梟首《きょうしゅ》（獄門とも言われる。いわゆる晒《さら》し首）を執行した。けれども、他所からも罪人の遺体を引き受ける、そういう役割を請け負った。その結果、集まる遺体の数、およそ年間一千体。明治初年に廃止されるまでの約二二〇年間で延べ二十万人余り。

埋葬は上に土をかぶせる程度のずさんなもので、夜ともなれば屍肉を食《は》む獣たちが群がって掘り起こし、散々に貪ったという。辺り一帯には腐臭が漂い、その無残きわまる光景から、江戸の人々は小塚原をもじって「骨ヶ原」と呼んで恐れたそうである。

ちなみに三大刑場の他の二つは鈴ヶ森《すずがもり》刑場と大和田《おおわだ》刑場で、それぞれ江戸の南の端の東海道沿いと西の甲州街道《こうしゅうかいどう》沿いに位置していた。小塚原刑場は北の端、奥州《おうしゅう》街道と日光《にっこう》街道が宇都宮《うつのみや》まで重なる途次にある宿場町・千住宿のはずれにあった。

民俗学者で写真家の内藤正敏《ないとうまさとし》氏が著した『江戸・王権のコスモロジー』などによれば、江戸は古代中国の陰陽道《おんみょうどう》「四神相応《しじんそうおう》」の思想をベースに都市計画が立てられたという。

北へ行く奥州街道と南へ向かう東海道を一直線上に配してとらえ、その中心に江戸城を置くものとして俯瞰《ふかん》する。そして街道沿いの二つの江戸の境界に、穢《けが》れを清めると同時に穢れの侵入をも防御する一種の「ろ過装置」を設けることで、江戸城つまり徳川家を宗教的に守らんとした。

この二つの「ろ過装置」を、内藤氏は「徳川王権を守護する二大他界ゾーン」と呼んでいる。

南北の「他界ゾーン」には共通する特徴がある。北（浅草・千住）にも南（品川）にも、寺社と処刑場、そして遊里と被差別部落が密集しているのだ。

死・性・賤を江戸城から遠ざけながら、外部に対しては、死と聖で畏怖《いふ》させることと性で懐柔することを期待した。

エロスとタナトスの双璧の一つが、小塚原だったのだ。

小塚原回向院には、お伝の他にも桜田門外《さくらだもんがい》の変で大老・井伊直弼《いいなおすけ》を暗殺した「桜田十八烈士」や吉田松陰《よしだしょういん》といった歴史に名を残す人々の墓碑があり、蘭学者・杉田玄白《すぎたげんぱく》らが『解体新書』の翻訳のきっかけとなる腑分けを記念した「観臓記念碑」などもあって、見所が多い。回向院は常磐線《じょうばんせん》建設の際に敷地を分断され、線路の南側は延命寺《えんめいじ》として独立、現在、刑場跡は延命寺内にあることも付記すべきだろう。

また、周囲の寺院にも「首切り地蔵」はじめ、人が多く訪れる場所が数々ある。昭和を代表するテレビアニメのひとつ『明日のジョー』にも登場した「泪橋《なみだばし》」も、今は橋の面影はなく交差点になっているが有名だし、「コツ通り」という通りもまさか「お骨」のコツなのかしら……と心惹かれるし、山谷《さんや》地区も近い。

しかし、ここではそういう観光ガイド的な記述は止して、再び私の経験談に戻ることにする。

高橋お伝——繰り返すが当時は私の名字も高橋だった——に導かれて旧・小塚原刑場界

隈を探索するうち、強い線香の匂いが流れてきて、私は足を止めた。

寺社仏閣が多い土地柄なので、線香が匂ってきてもさして不思議はないようだが、そこは一棟のマンションの前で、道路の向かい側には彰義隊士《しょうぎたいし》の墓のある円通寺《えんつうじ》というお寺があるが、そことは五車線もある太い国道四号線で隔てられており、寺の境内はさらに参道のその奥だった。

円通寺は、寺院の屋根の上に大きな黄金色の聖観音菩薩像《せいかんのんぼさつぞう》が立っているのが特徴的で、このときもあたりを見回して真っ先にそれに目を奪われた。

聖観音菩薩像からマンションに目を戻せば、ごく普通の、茶色い外壁のマンションだ。階数を数えてみると十二階あった。

マンションのエントランスに近づいてみると、線香の匂いが強まった。

煙や香立てが見えるわけではなく、ただ、匂いだけがぷんぷんしている。奇妙なことだと思ったが、住人でもないのにいつまでも出入り口でうろついていたら怪しまれる。気にしながら行き過ぎることにした。再び歩き出したそのとき、背中をかすめて何かが落ちてきて、地響きを立てて舗道に激突した。

咄嗟《とっさ》に私は悲鳴をあげて首を縮め、次いで、おそるおそる振り返った。

そのときは、てっきり、誰かがこのマンションから飛び降りたのだと思っていた。なんとも厭な、水気を含んだ衝突音まで耳にしており、無残な墜死体以外は何も思い浮かばなかったのだ。

ところが振り向いてみると、何も無い。舗道は薄く土埃《つちぼこり》を乗せて乾いていた。たしかに大きな塊《かたまり》が墜落してきて地面に当たったと思ったのに……。

呆然とし、いったいどういう種類の錯覚だろうと胸の底をさらいつつ立ち竦《すく》んでいると、道路の向かいの円通寺の方から黒衣の人々がそぞろ出てきた。

二十人以上の集団で、中に何人か似通った面差しの人々がいるところを見ると、親戚同士のようだった。遺影を胸に抱いた人がいる。葬儀が終わり、焼き場に向かうところなのだろう。やがて霊柩車が国道に出てきて、次々に普通車が後に続いて、去っていった。

線香の匂い、たぶん人が落ちたと思ったのに何も無かったこと、そしてこのタイミングで葬列を見たことが偶然とも思えず、導かれたように感じて、私は円通寺境内に向かった。

遺骸二六六体が埋葬されているとする彰義隊士の墓に参じたのちに、「よしのぶ地蔵」というものが敷地内にあることを知り、それも見に行ってみた。

よしのぶ地蔵とは、昭和三十八年（一九六三）に起きた村越吉展《むらこしよしのぶ》ちゃん（当時四歳）を供養する地蔵像だった。

村越吉展ちゃんは事件発生から二年後、円通寺の墓地から白骨死体となって見つかったそうだ。同寺の境内で殺害され、墓所の土の下に埋められていたものを、逮捕された犯人の自供によって発見に至ったということだ。

犯人が吉展ちゃんをさらったのは台東区入谷《いりや》。ということは、わざわざ小塚原刑場がかつて在った界隈まで来て、殺人と死体遺棄を行ったわけだ。まさか磁石のように「骨ヶ原」に吸い寄せられたわけでもあるまいが、うそ寒い偶然である。

小塚原刑場があった付近では、昭和時代はもとより平成に入ってからまでも、線路敷設やトンネル建設、道路の拡張など大規模工事で地面が掘り起こされるたびに、大量の人骨が出土してきたそうだ。

平成十年（一九九八）からの常磐新線つくばエキスプレスの地下トンネル工事のときは、二〇〇個の頭蓋骨と四肢の骨一七〇〇本が出てきたという。

骨ヶ原の異名を取るわけだが、遺骨が掘り起こされ、あらためて供養されることで、他界ゾーンとしての祟り力のようなものが鎮まることを祈るばかりだ。屍が散乱するような酸鼻きわまる景色のため人心が荒廃したせいではないかと思うが、江戸時代には辻斬りや犬猫が斬り殺されるなどの異常な事件も多発し、幽霊が出るとも言われ、「雲助も避けて通れぬ小塚原」という川柳が詠まれた。

異常な事件は、昭和に入ってからも起きた。昭和十年（一九九五）四月十三日の事件の記録が『少年犯罪データベース』にある。

《東京市荒川区南千住の路上で深夜、工員（一七）が女工（二〇）を襲ったが大声を出されたので逃走、女工は追い掛け、通行人とともに捕まえた。工員は一月九日にも深夜の路上で女性（二一）の耳たぶを切るなど、女性ばかり一〇人以上をナイフやキリで襲っていた》

三月《みつき》前の凶行を自白した少年は、自らについて、こう語った。

「ぼくはどうしてもやめられないんです」

思えば、私の小塚原への執着も度を越しているかもしれない。土地にかけられた呪詛《じゅそ》によって衝《つ》き動かされているのではないと、どうして言えようか。

そうそう、本稿で私は、お伝、お伝と、彼女を記すときの慣例に従って繰り返し「お」を付けて書いてきたが、正確には彼女の名は「伝」である。姓を合わせれば「高橋伝」が正しい。

父方の私の祖母は、生前、自分の名前も漢字で一文字、音で二文字だったことから、あえて「子」を付けて書いたり、「お」を付けられると嫌がったりした。高橋お伝に似てしまうから、というのだった。つつましやかな女性に見られたかったのかもしれない。

不肖の孫は、思わずお伝に親近感を抱いてしまうような生き方をして、今はまた高橋ではない別の苗字に変わっている。そしてエロスの方は十何年か前に卒業し、それからはタナトス方面に強く心惹かれて、前を通りかかったとき線香の匂いがきつかったり人が落ちてきたかと思ったりした例のマンションに忌《い》み事が在ったか無かったか、根掘り葉掘り調べるといった、不謹慎きわまりない作業に頻繁に没入するようになった。

――昭和六二年（一九八七）、平成七年（一九九五）、平成二十二年（二〇一〇）。

あのマンションでは、今までに都合三回、飛び降り自殺が起きていた。疑う人は、私がしたのと同じように、ウェブサイト『大島てる』を見ればよい。

怪異と照応する事実を突きとめると、「ああ、やっぱり」と腑《ふ》に落ちると同時に、肌が粟立《あわだ》つ。この瞬間が私は好きだ。完全に癖になってしまっている。

あたしもどうしてもやめられないんです。

板橋《いたばし》の女

石神井川《しゃくじいがわ》まで徒歩で一分の板橋区にあるマンションを借りようと思ったのは、海でも川でも池でも何でもいい、とにかく水のほとりが好きなことと、生まれも育ちも東京で今まで都内を転々と……本当に転々々々としてきたけれど、板橋区にはまだ住んだことがないという、それだけの理由だった。

最寄り駅が都営三田線の板橋区役所前で、港区三田《みた》の男の家からも、その勤め先の神保町《じんぼうちょう》からも乗り換えなしで来ることができるという点も、一応、考慮の内ではあったが、大きな期待はしていなかった。嘘に聞こえるだろうが、本当だ。どうせ来ない、というのは近頃では確信に近く、自分の方から押しかけなければまず会えない、そういう男に彼はなっていた。

原因は、三度目の堕胎をしたことだ。彼の子を孕《はら》んだのは四度。最初の二人をおろして、三人目を育てようとした。親の欲目を抜きにしても、どこへ連れ出しても人目を惹かずにおかないぐらい、顔立ちの整った、可愛い赤ん坊だった。

あの子が満一歳の誕生日直前に死んだのは、浮気相手のせいである。殺されたのだと言ってもいい。赤ん坊は留守番させておけと命令されて、つい従ってしまった。家を空けていたのはほんの二時間だが、赤ん坊が浴槽に落ちて溺死するには充分な時間だった。

八月の昼下がりだった。冷房を切った室内は暑く、浴槽には、朝、一緒にシャワーを浴びるついでに水遊びさせたときのまま、水が溜まっていた。遊ぶときに使っていたビニール製の黄色いアヒルが、うつぶせになった小さな頭のそばに浮かんでいた。子供は裸で、脱ぎ捨てたTシャツとパンツが浴室の前に落ちていた。

四人目を中絶したのは、浮気相手の子に違いなかったからだ。本命ではない二番手のちんぴらとコンドーム無しでやらかしてしまった結果そうなったのは、思い当たるふしが一度や二度ではきかないゆえ、明白だった。

この妊娠が原因で二番手とは縁が切れたが、中絶によって本命とも切れてしまった。なんで自分の種だと信じられたのかが、むしろ謎だと思うほど、性交の頻度は減っていたのだが、男はあれも我が子と思っていた。

堕胎を知って衝撃を受け、悲嘆に暮れて、三田の家に住む妻とよりを戻した。

風の噂で、出版関係者のパーティに十五年ぶりに妻を伴ってきたと聞かされたから、そう思った。

ちなみに、十五年というのは、そのままそっくり、男と下半身でつながっていた年数なのだった。

もしも違う生き方をしていたら、四人の子の母だったのか……。


石神井川に近いマンションの部屋に引っ越してきてから、しきりと過去が口惜しく、自らを叱責したくなる、そんな心持ちになる。何かあるたび悔やめる性格なら、こういう半生にはなっていない。反省や後悔は体に毒だ。おかげで本当に病気になってしまった。左胸の乳首が腫れて、血の混じった黄色い汁が滲《にじ》むようになったのだ。乳首のすぐ下にパチンコ玉ほどのしこりも見つけた。

早く病院で診てもらわねば、と思いながらぐずぐずと男たちから貰った手切れ金を食いつぶす日々。マンションの部屋で独り昼日中からベッドに横たわっていると、近くを流れる石神井川のせせらぎと、やはりすぐそばの国道五号池袋線を走る車の音とが混ざって伝わってきて、どういうわけか大勢の人々が互いに喋りあっているように聞こえる。

大きなコンサートホールの客席が満席となり、開幕前のひとときに人々がさんざめいている。そんな光景を思い浮かべたくなる、興奮を押し隠したような遠い声の群れ。

そこには幼い子供たちも混ざっている。アヒルのおもちゃと一緒に死んだうちの子を思い出さないわけにはいかなかった。黄色いアヒルはあの子が死んだ直後に捨てたつもりだったのに、どういうわけか、荷ほどきしたら衣類を詰めた箱の底の方から出てきて、再び捨てることにはためらいがあり、浴室の窓辺に飾った。

そのアヒルが、勝手に動いて頻繁に場所を変える。あるときは私のベッドの中、またあるときは食卓の上という具合だ。

頭がおかしくなっているのかもしれないと思う。


板橋を渡る。大昔は木の板で出来ていたというが、現在は鉄筋コンクリートの橋である。この界隈は江戸時代、板橋宿という宿場町で着飾った飯盛り女たちが通行人の袖《そで》を引いていたそうだ。昔は瘡毒《そうどく》と呼ばれた梅毒に罹《かか》る遊女が多く、年季が明ける前に死に、死ねば無縁仏として宿場近くの仲宿《なかじゅく》という地区にあった乗蓮寺《じょうれんじ》に葬られた。

うちのマンションが旧乗蓮寺跡地に建っていることを知ったのは、越してきて間もない頃だ。その頃、ほんの気まぐれで赤塚城址《あかつかじょうし》公園の観光ガイドツアーに参加してみて、公園内にある乗蓮寺の東京大仏を見物していたら、ガイドがレクチャーしてくれたのだ。

遊女たちが埋葬された土地に住んでいるから、アヒルが動き回るようになり乳房が病んだのだろうか。水子の霊との縁を切りたくて、週に一度か二度は板橋を渡り、本町商店街を抜けて、縁切り榎《えのき》神社へ詣《もう》でているのだが。

縁切り榎は、文字通り、緑の葉を茂らせた榎の木で、今は菰《こも》を巻いてそういうことが出来ないようにされているが、本来は樹皮を剥き、煎じて飲めば悪縁が切れたのだという。

ここには、江戸時代、夫との縁切りを願う女に人気だったとか、皇室の輿入《こしい》れのとき花嫁行列がこれの近くを通ることを避けて道を迂回したとか逸話が幾つも遺っているが、見所は奉納された絵馬の数々だ。

ここの絵馬たちにはことごとく、呪詛に近いような文言が書かれている。これらを読むと孤独感を癒されると感じるのだが、それは私の日頃の精神状態が悪いせいで、普通の人なら気が滅入ってしまうのだと思う。

縁切り榎は交差点に立っている。そこから環状七号線方面へ向かう坂町商店街のあたりを歩くと、いつも赤ん坊の泣き声が聞こえ、病んだ乳首が疼《うず》きはじめる。

声だけでなく赤ちゃんの匂いまで感じたことがあり、いったいなんなのかと思う。

そんなときは、帰宅すると必ず、黄色いアヒルが玄関まで出迎えている。

ああ、また縁切りに失敗したな。そう思って、アヒルを浴室に戻しにいくと、浴槽に子供が入っているような錯覚がして、居もしない子に「ただいま」と言ってしまう。

痛みと腫れが高じて、どうしようもなくなってきたので、ついに病院で胸を診てもらったところ、乳腺炎《にゅうせんえん》をこじらせて膿が溜まっていると診断され、さらに、妊娠しているのではないかと医師に疑われた。

四人目を中絶してから、誰とも性交していないから、それはないと医師に言うと、膿を出すために外科手術を勧められた。全身麻酔をかけてもらい、手術は二十分で済んだが、意識を失っている間に大勢の赤ん坊に母乳を与えている夢を見た。

赤ん坊たちが、わらわらと湧き出るように床から這いあがってきて、我も我もと胸にとりすがって乳首を奪い合い、ひっきりなしにじゅうじゅうと吸うのだ。

手術のせいで乳房に醜い傷痕が残ってから、三田の男の妻が憎くてたまらなくなった。彼らにはそろそろ十六、七になる子供がいるのだ。最後に堕胎してから生理が来ないこともあり、この体はもう女としては使い物にならないと思うと、不公平を突きつけられる心地がした。あちらは産み育てており、こちらには二度と叶わない。

そこで、縁切り榎に、あの女が此の世と縁を切りますようにと願いに行った。

本気で願いが叶えられると思ってはいなかったが、絵馬を奉納した途端、男から電話がかかってきたのは、さらに予想の外だった。

物凄いタイミングで電話をかけてくるものだ。戦慄しながら男の声に聴き入った。

男は単刀直入に「離婚した」といった。そのことにも驚いたが、離婚の理由はさらに想定外で、奥さんが藁《わら》人形を隠し持っていたというのだった。

藁人形は二体あり、一つは大きく、一つは小さかった。それらには待ち針で写真が留めつけられていたのだという。

誰の写真かは男に訊かずともわかった。

真夜中に車で出かけようとするので不審に思い問い詰めたところ、奥さんが白状したのだそうだ。愛人とその子供を呪っていたのだと。呪いを完成するために藁人形を焼こうと思っていた、と。

その藁人形は、男が神社に持っていき、神主にしかるべき処置をしてもらったそうである。「だからもう大丈夫だ」といわれたけれど……。

「川奈さんは、どう思われますか?」

私は答えあぐね、「あまりお気になさらない方が……」と語尾を濁《にご》した。

この女《ひと》は私と同い年だという。若い頃は水商売や性風俗の世界で働いていたそうだが、五十近くなった今は往時の色気や華やかさを偲ばせるところは微塵《みじん》もない。

SNSで怖い体験談を募ったところ、メッセージが寄せられ、二〇一六年六月の午後、板橋区役所駅から近い、古びた喫茶店で待ち合わせした。

彼女は先に着いていて、奥の壁際の席で私を待っていた。一見して、控えめな女性だという印象を受けた。私の姿を認めると、椅子から腰を浮かせた。そのとき、目を据わらせたまま唇を横に引いてみせたのが、どうやら笑顔のつもりのようだった。咄嗟《とっさ》に、笑うことが滅多にない淋しい暮らしぶりが思い浮かんだ。

化粧は薄く、外見にはこれと言って目立つところがない。くすんだ色味のズボンを穿き、十年ほど着古したようなカーディガンを羽織っている。雑踏に紛《まぎ》れたら、たちまち見失ってしまうだろう。

自己主張が強いタイプには見えなかったが、語りはじめたら、彼女は思いのほか饒舌《じょうぜつ》だった。

「あの人が藁人形を持って行った神社が判れば、安心していいのかどうか、神主さんに訊いて確かめられると思うんですけど、教えてもらえませんでした」

「それはいつぐらいの話なんですか？」

「みぃんな、十年ぐらい前のことです」

「そうなんですか？」私は少し驚き、語尾を跳ねあげた。「ええ」と彼女は落ち着いたようすで答えた。

「……私の話はこれでお終《しま》いです」

「そうですか」

私は、こういう取材のときに必ずいうことにしている口上——貴重な体験をお聞かせいただき、ありがとうございます。今日、お伺いしたお話を、すべて書いても差し支えありませんか。伏せた方がいい部分などがあったら教えてください——を述べた。

充分に怖い話が聞けて、私は満足していた。そこで、メモを取っていたノートを閉じようとしたのだが、彼女が吐いた次の言葉に手を引きとめられ、再びペンを握り直すことになった。

「私以外の関係者は全員、死んでいるか行方不明になりましたから、何を書かれても平気です」

「えっ」

本命、二番手、奥さん……。話に登場した人々を、語られた呼び名のままに思い浮かべていると、彼女は、また唇を横に引いて笑顔らしきものを私に見せた。

「ええ。浮気の相手だった男も、藁人形で呪いをかけていたあの人の奥さんも、その息子も亡くなりました。奥さんと息子さんは、奥さんが運転する車で交通事故で。あの人から、また連絡があって知ったんですけど、二人とも即死だったそうです。うちの子が死ぬ原因になった元愛人の男は病死です。癌《がん》だったんですね。だいぶ悪くなって入院する前にメールを寄越したので、亡くなったときに彼の兄という人が携帯電話の履歴を調べて、私のメールアドレスに連絡をくれましたが、お葬式には行きませんでした」

まだ、男が一人残っている。「本命」が。

彼女はそこで、話の合間に飲んでいたアイスコーヒーの残りをストローでズズズズーッと吸いあげた。

「……それから、つい最近、あの人のお母さんから知らせがあって、彼が失踪していることがわかったんです。だからこの話を川奈さんにしようと思ったんですよ。書いてもらったら、みぃんな死んでも、形が残るじゃないですか。理由はないけど、私も長くないと思うんです」

人を呪わば穴二つ、と思った途端、先を越された。

「人を呪わば穴二つって言いますけど、本当ですよぉ」

「でも、お元気そうじゃないですか」

「いいえ。ダメです。藁人形の呪いのせいも少しはあるかもしれませんけど、それだけじゃなくて、毎日、死んだ子供たちにエネルギーを吸い取られてますから。私にはわかるんです。そろそろ逝くんだなって。赤ちゃんは心が綺麗だからすぐに成仏して崇らないとお寺のお坊さんに言われましたけど、嘘ですね。私の子は今でも化けて出るんです。アヒルで遊ぶのが好きなんですよ、今でも。水子の霊も出ます。みぃんな成仏してないですよ」

取材させてもらったその日のうちに、その女はＳＮＳから姿を消して、連絡が取れなくなった。

その後、彼女の話に登場した場所について、手を尽くして調べた。

何度か板橋区を訪ねてみることまでして、人と土地が磁石のN極とS極のように引かれ合う、そんなこともあるのではないか、そう思うに至った。

現在そこで暮らしたり商売をしたりしている人たちのことを考えると番地までは書けないが、彼女が移り住んだ国道五号池袋線と石神井川に近いマンションは実在し、たしかに遊女たちが葬られた旧乗蓮寺跡地に建っていた。性風俗嬢だった彼女の過去との符合を感じる。

また、板橋区赤塚にある今の乗蓮寺の近くには、怪談『乳房の榎』の記念碑があり、乳房に膿が溜まって手術したという話を思い出さずにはいられなかった。明治時代の怪談の大名人、落語家の三遊亭円朝《さんゆうていえんちょう》が創作した『乳房の榎』でも、不倫の末に子殺しに手を染める人妻・おきせの乳房に腫れものが生じるのだ。

明治二十一年に出版された原作では、その後の下りはこうなっている——腫れものの治療のため霊験あらたかな赤塚村白山権現の乳房の榎の乳を貰ってきて、乳房につけると、一時は痛みがやわらぐが、その後、夢に今は夫となったかつての間男に殺害された前夫の亡霊が現れて、病状は悪化。おきせは、乳房に溜まった膿を抜くために、夫に小刀で乳房を切らせようとするが、夫は手もとを誤っておきせの心の臓まで刺し貫いてしまう。すると、その傷口から大量の血膿が勢いよく噴き出し、さらに一羽の鳥が飛び出して——。

なんとも凄惨な場面だが、その後に歌舞伎の演目にされたり後世の噺家によって何度となく語り直されたりするうちに、グロテスクの度合いを緩和する措置が取られて、今日では、おきせは狂死するか、あるいは勧善懲悪的な色合いを加味して、前夫の亡霊が怪鳥に化けておきせの乳房を嘴《くちばし》で突いて死に至らしめるのが通例となっている。

さらに符号は続く。そこを訪れるたび、いつも赤ちゃんの泣き声が聞こえ、赤ちゃんの匂いまでしたという坂町商店街の辺りは、昭和五年（一九三〇）に発覚し世間を騒がせた、乳幼児大量殺人事件の舞台だった。

後世までも「岩の坂もらい子殺し事件」として語り継がれることになったこの事件については、明治から昭和初期の東京の貧困社会について書いたルポルタージュ、紀田順一郎《きだじゅんいちろう》氏の『東京の下層社会』に詳しい記述が載っているほか、当時の東京朝日新聞のスクープを元にした記述がさまざまな本やウェブサイトに掲載されている。

約一年の間に四十人余りのもらい子（養子）が、都合十二人の岩《いわ》の坂《さか》集落の住民たちによって殺されたのだという（紀田氏の著作では「岩の坂に住む六人の住民が計三十三人の子をもらい、一名を除いて全員が変死」）が、具体的にどういうものだったのかというと、子を育てることが出来ない親を「養い親に斡旋するから」と騙して、当面の養育料と共に乳幼児を預かり、これをただちに殺して、養育料を懐にいれるというもの。

この手口により、犯人グループが騙し取った養育料は合計約一二〇〇円。

現在の価値に換算すると一二〇〇万円以上になるというから、結構な収入で、ひとたび上首尾にいったらやめられなくなったのだろうか。横領した養育料は飲食代に化けたという。昭和五年当時の岩の坂集落は貧民窟で、赤子を手放す方も犯人らも貧しかったのだ。

主犯格と見られた小川《おがわ》きくは、四人の赤ん坊を殺して——あの人の子も四人だった——養育料五〇円を横領しており、内縁の夫の小倉幸次郎《おぐらこうじろう》と共に起訴されたが、二人ともほんの数年の懲役刑を喰らったのみで、詐欺と赤ん坊殺害に関わった他の住民はお咎めなしだった。現代人の感性からは納得がいかないことではある。

しかし当時は、百人以上の乳幼児が殺されたことで知られる寿産院事件をはじめ東京の他の地域や他県でも、類似のもらい子殺人事件が起き、そしていずれも軽い量刑で済んでいる。昔は赤ん坊の命は軽かったのだ。大人のそれだって、そんなには重くなかったかもしれない。

つい、最近のことだ。

この稿を起こすにあたり、あらためて、かつての名前が封印された元・岩の坂界隈を歩いてみたら、堕胎したことのない私にまで赤ん坊の泣き声が聞こえてきた。

慄いてあたりを見回すと、少し離れた斜め前に、ベビーカーを押している女性の姿を見つけた。

心臓に悪いったらありゃしない。

が、胸を撫でおろした直後、立ち止まった女性がベビーカーの把手にかけていたバッグから取り出した物を見て、私は再び全身を凍りつかせた。

ビニール製の黄色いアヒル！

赤ん坊は泣き続けていた。

偶然だ。だって、よくあるおもちゃなのだから。

心臓が、それこそ烏が飛び出しそうな勢いで激しく暴れていたが、私は必死で理性を保つ努力をしながら、歩を早めて母子の横を通り抜けようとした。

そのとき、母親はアヒルを使ってあやすつもりなのだろう、ベビーカーに向かって腰をかがめ……一瞬、顔がこちらに向いた。

あの女《ひと》だった。

黄色いアヒルを持った手つきが優しかったことを、今まざまざと思い返し、私は再び総毛立っている。

丸山《まるやま》政也《まさや》

長野県松本市出身在住。著書に『怪談実話　死神は招くよ』、共著に『怪談実話コンテスト傑作選3　跫音』など。

郷愁

ニューヨークに住むクリスさんというアメリカ人男性の話である。

クリスさんは三ヶ月に一度ほど仕事で来日するのだという。その度、横浜のある決まったホテルに宿泊するそうだ。名前をいえば大抵のひとは知っているような老舗ホテルである。値段の割にサービスは行き届いているし、なにより清潔なのが気に入っていた。同じ料金で比較した場合、アメリカのそれとは比べものにならない。

繁華街にも程近く、商談先へもタクシーで二十分ほどなので、定宿にしていたのだった。

そのホテルが奇妙でね、とクリスさん。

「ポルターガイスト現象が起きるとか、幽霊が出るとかではないんだ。夜、寝ると必ず夢を見るんだけれど――」

それが毎回同じような内容だという。

夢のなかで、なぜか彼はコリアンになっている。朝鮮語を完全に理解し、流暢に話したり書いたりしている。実際の彼は朝鮮半島など行ったこともなければ、興味を持ったこともない。コリアンの知人などひとりもいないし、仕事上の付き合いもない。ハングル文字などまったく読み書きもできないそうだ。そして朝起きると夢の内容を殆ど忘れている。あれほどすらすらと話していた朝鮮語はひと言も覚えていない。

もっとも夢の話である。そんな意味不明な内容だからといって、それほど奇妙なことに私には思えなかったのだが——。

「これは横浜のホテルではないんだけど——」

ニューヨークの自宅でテレビを見ていたとき、画面にある河川の映像が流れた。ナレーションもテロップも入らないので、どこの何という川かまったくわからない。風景から察すると、アメリカでもヨーロッパでもないようだった。悠々たる川の流れを見つめていたクリスさんの眼に、ふと知らず涙が浮かんだ。なぜだかわからないが、強い郷愁のようなものに駆られていた。

なんだ、これは——。

「故郷のルイジアナにさえ、さほど帰りたいと思ったことはないのに」

しばらくすると画面にテロップが表示された。

「イムジン川、韓国と北朝鮮を分断する悲劇の川」そう書かれていたという。

魔の山

カナダに住む日本人Sさんの話である。

アマチュアながら自転車競技を趣味にしているSさんは、ある年の夏、ツール・ド・フランスを観戦するため南仏に渡ったという。

ただ観るだけでは物足りないと感じたSさんは、カナダから愛用の自転車をわざわざ空輸したそうだ。

「この競技をやっている者としては、モン・ヴァントゥといえば一度はトライしてみたいですからね」

モン・ヴァントゥはフランス南部、プロヴァンス＝アルプ＝コート・ダジュール地域圏にある山のことである。別名「プロヴァンスの巨人」ともいわれ、ツール・ド・フランスでは最高難度の山岳ステージとして知られている。

レース直前だと交通規制が敷かれるだろうと、一週間前にSさんは現地に降り立った。

モン・ヴァントゥの麓から少し離れたサン・ディティエ村の小さな宿に泊まることにした。

　辺りは一面の葡萄畑で、放し飼いの鶏や猫が好き勝手に歩いている。雲ひとつない青い空と黄色い大地。多くの建物は地面と殆ど同じような黄色味がかったベージュとあって、まるで砂上に現れた遺跡のように見えなくもない。家屋は不揃いな石を積み上げただけで極めて素朴な造りだが、近頃流行の洋風建築にはない、なんともいえない味わいがある。まるで映画か雑誌のなかから抜け出てきたようだった。

「よく南仏風とかプロヴァンス風ってありますけど、ああいうのが偽物であるのがしみじみわかりましたよ」

　着くとすぐに自転車を組み立てた。最初の数日は宿の周りを走っていたが、モン・ヴァントゥの白い頂を見ていると、どうにも堪らなくなった。ある日、朝食を済ませると、憧れの山を目指して自転車を走らせた。

　麓《ふもと》の町ブゾアンに着くと、サイクリストの姿が多くあった。そこからは噂に違わぬきつい傾斜である。映像でしか観ることのなかった風景が眼前にひろがっている。途中カフェで休憩しながらも、数時間掛けて山頂に到着すると、言葉にならない感動を覚えた。

　ミストラルと呼ばれる地中海に向けて吹く乾燥した風により、山頂付近は草木といったものが生えない。凍結を繰り返すことで岩が割れ、それによってできた細かな石が山肌を覆っているので、一見、荒野といった感じである。しかし、そこからの眺めは形容しがたいほどに美しいものだった。

しばらくそこで時間を過ごしたが、陽が落ちる前に宿へ戻らなければならない。登りとは違うルートのマロセーヌ方面から下ることにした。

その坂を降りているときだった。

Sさんの前を行く形で、ひとりのサイクリストが自転車で下っているのが見えた。あまり見かけない黄色いジャージを着ている。

ふたりの距離は目測で二百メートルほどと思われた。――と、思うまもなく、その差がぐんぐんと縮まってくるではないか。おかしい。自分は疲れているし、適度にブレーキングしながら、これ以上ないほどゆっくりと降りているのだ。だからペダルは足を乗せているだけで、まったく漕いでいない。それなのに、なぜふたりの距離は縮まっていくのか。向こうの両足もペダルに掛かっているので、止まっているわけではなさそうだった。脚は動いていないので、漕いでもいないようである。となると、考えられるのは、相手のスピードが自分よりも更に遅いということか。いや、そんな莫迦な――。

不思議に思い、Sさんは自転車を止めた。すると、前を走っていた男が、背中を向けた前傾姿勢でぐんぐんと近づき、彼の横を通り過ぎていくではないか。つまり、——後ろ向きに坂を登っていったのである。

なんだ、あれは……。

どう考えても普通ではない。男は同じ姿勢のまま山頂目指して登っていく。それを彼は無言で見送った。

「疲れからそんな幻覚を見たのかと思ったんです。でも通り過ぎる瞬間、頬に風を感じたんですよね……。その帰り道、ふと思い出したんです。今まで幽霊なんて信じたことはありませんでしたが、——あれは、四十数年前にレース中に亡くなったイギリス人のトム・シンプソンではなかったかと。一九六七年七月十三日に総合十三位だった彼は第十三ステージのこの山で亡くなったんです。西洋人にとっての忌《い》み数字が三つ並んでいるんですね」

まあこじつけというか、たんなる偶然でしょうけど、とSさん。

「彼の死が理由というわけでもないでしょうけど、モン・ヴァントゥは〈死の山〉とか〈魔の山〉などともいわれています。僕が見た男は黄色いジャージを着ていました。あれは今にして思うと、マイヨ・ジョーヌだったのでは、と。ご存知だと思いますが、個人総合成績一位の者に与えられる名誉あるジャージですね。彼は六二年にマイヨ・ジョーヌを奪取していますから――」

レース当日。

再びモン・ヴァントゥに向かったSさんは、観戦後、頂上近くにあるトム・シンプソンの慰霊碑にミネラルウォーターを供えたそうである。

砂場

Cさんは中学生のとき、修学旅行先の宿で友達と怪談話で盛り上がった。

その夜、幼い頃よく遊んだ公園の夢を見た。陽が落ちて、薄暗い砂場の前にひとり佇んでいる。ただそれだけなのだが、寝覚めが悪かった。寝る前に怪談話などしたせいかと思ったが、その日、自宅に帰ると、仲の良かった大学生の従兄弟がくだんの公園のトイレで首を吊ったことを知った。

砂場のほうを見つめるように揺れており、両眼の充血が凄まじかったという。

セレモニーホール

神奈川県に住む主婦M子さんの話である。

四年ほど前、M子さんの自宅近くに大型のセレモニーホールができたという。

前を通る度、大書された白い板看板が立っているので、葬儀は連日埋まっているようだった。喪服を着たひとを街なかでよく見かけるようになった。

「喪服を見ると厳かな気持ちになりますよね。でも、なんというか、同時に厭だなと思うことってありませんか。忌み嫌う、というんじゃないですけど。こんなこと、あまりいわないほうがいいのかな」

死は誰にでも等しく訪れるものだ。それを避けて生活することなどできない。

ある日、予兆もなく自分がそうなってしまうかもしれないし、あるいは家族や親戚、友人や知人の誰かが、何の前触れもなくこの世からいなくなってしまうこともあるのだ。

M子さん自身、今までの人生のなかで何度かそういった死に直面してきたし、葬儀にも参列したことがあるという。もちろん喪服を着て、である。

「厭だなと思う気持ちはわかります。自然なことだと思いますよ」

私がそういうと、M子さんは少し安堵したように表情を崩した。

「以前はそれほどには思わなかったんです。でもちょっと変な経験をして――」


二年ほど前のことだという。

その日、M子さんはパート先のスーパーマーケットに自転車で向かっていた。

自宅と職場のちょうど中間の辺りにセレモニーホールはあった。

「建物の入り口に喪服のひとたちがたくさんいたので、今日もお葬式かな、って。そのとき、建物から少し離れた横断歩道の手前に男のひとが立っていたんです。ひとりでぽつんと」

男は喪服姿で大事そうになにかの箱を抱えている。よく見ると、それは骨箱《こつばこ》だった。

お葬式を済ませた遺族の方かな、とM子さんは思った。

骨箱を持っているということは、すでに骨上げを済ませたのだろう。男は憔悴《しょうすい》している様子で、頭が箱につくほど項垂れている。それはあまりにも痛々しい姿だった。

「あんまり見ているのも悪いですから、眼を反らして職場に向かいました。でも――」

その日だけではなかった。

その次の日も同じところに佇んでいた。骨箱を大事そうに抱え、昨日と同じように項垂れている。そして次の日も、その次の日も——。

連日のように見掛けるので、さすがにおかしいと思った。顔は見ていないが、間違いなく同じ人物である。

最初に見掛けたとき、セレモニーホールでは男性の葬儀が執り行われていた。看板を見ると、その日は女性の葬儀のようである。この四日間、毎日違うひとの葬儀が行われているはずなのだ。

男は一体、ここでなにをしているのか。本当に遺族のひとなのだろうか。

葬儀場の前で四日も続けて骨箱を抱え、項垂《うなだ》れている男。その素性を考えるとM子さんは俄かに気味が悪くなった。

「事情は知りませんが、なんか気持ち悪いなと、そのときは思っただけでした。でも、仕事中にふと思い出しちゃったんです。最後に振り返って見たときに——」

骨箱のなかに頭がすっぽり入っていた気がするんです。

そうM子さんはいった。

蛇

風俗店で働くY美さんの話である。

以前、同じ店の同僚にE子さんという女性がいた。昼間は近くの短大に通う学生である。

その彼女が、ある日こんなことをいった。

「最近、寝ていると金縛りに遭うの。軀《からだ》はまったく動かせないんだけど、瞼だけは少し開きそうで。すごく怖かったけど、思いきって開けてみたら――」

上半身だけの男が、首に巻きついていた。

蛇のようにとぐろを巻いて首に絡みついている。しかし男の顔がどこにあるのかわからない。なぜ男だと思ったかというと、におい、なのだそうだ。

強烈な腋臭《わきが》のにおい。そういった体質は女性にもあるが、それとは明らかに違う。気味の悪さ以上に、猛烈なにおいに吐き気を催す。が、軀が動かせない。呼吸を止めてみるが、まるで無駄だった。どうにも我慢ができなくなり、枕元に嘔吐してしまうのも一度や二度ではないという。

「たまたま横向きに寝ていたから窒息せずに済んだけど、もし上を向いていたら死んでいたかも。だから、このところ全然眠れなくて……」

煙草を持つ、E子さんの手が小さく震えていた。

その話を打ち明けられたY美さんは、中学時代の友人の叔母が霊媒師であることを思い出した。すぐに連絡を取り、E子さんを連れて霊媒師の元に向かった。

友人の叔母は、E子さんをひと目見るなり、

「あなたがどんなひとで、どういう仕事をしているか、私は訊かないけどね、どこでもらってきたのか、これはかなり性質《たち》の悪いやつだよ」

と告げた。恨みかなにかですか、とE子さんが尋ねると、それはわからないという。

「首に巻きついているだけで、男はあなたのほうを見ちゃいない。背中を向けた感じになっているよ。まだこうしているうちは大丈夫だけど、顔が向いていたら危なかったね」

御祓いは二時間に亘った。

それからは金縛りに遭うことはなかったという。しばらくの間は――。

「二週間ほど経った頃、E子が時間になっても店に来ないので、ケータイに掛けてみたんです。電話にはすぐに出たんですけど、『あったあった、めがあった』といったきり電話

を切られてしまって。それきり辞めちゃったんですよ、お店」

その後はすっかり疎遠になっていたが、五ヶ月ほど経った、ある日の休日。

スロット店でY美さんはE子さんを見かけた。

恋人と思しき男性の真後ろで、通路を塞ぐように立っている。その顔は別人のように老け込んでいた。げっそりと頬はやつれ、眼は落ち窪んでいる。三十代、いや四十代の疲れきった主婦のようだった。最初は少し似ていると思っただけだったが、足首に彫られた特徴的なタトゥーで、それがE子さんだと確信した。

話しかけようと立ち上がった瞬間、彼女はあるものを見て、気づかれないように店を後にした。

E子さんの恋人が、まるで蛇のような顔だったからである。

インド料理屋

ロンドン留学時代に知り合った日本人のN君の話である。

一九九九年の大晦日、ニューイヤーズ・イブのことだという。

その日、N君の家に同じ日本人留学生のW君という友人が訪ねてくることになっていた。W君はトラファルガー・スクエアでカウントダウンを愉しんだ後に来るとのことだったが、N君はそういった喧騒が好きではなかったので、時間になるまで自宅で待つことにした。

深夜十二時を廻った頃、そろそろ来るだろうと家を出た。友人はN君の家を知らないので迎えに行く必要があったのだ。

普段は夜の十時も過ぎれば殆どひとなど歩いていないのに、その日は電車もバスも夜通し走っているので、駅前はたくさんのひとで溢れていた。

カウントダウンの熱狂醒めやらぬと見えて、興奮気味のひとたちは奇声を発したり、行き交うひとに見境なくハイタッチしたりしている。改札の前でおとなしく友人を待っていたN君だったが、知りもしないイギリス人の男性からハグをされたり、握手を求められたりした。普段だったら知り合うこともなさそうなモデルのような金髪の女性にキスまでされたという。

しかしそんな空騒ぎも、深夜の一時を過ぎると急にひと気がなくなった。ふと気づくと、周囲には自分以外、誰もいない。

――ったく遅えな。あいつ、なにやってんだよ……。

当時すでに携帯電話は普及していたが、日本人の留学生で所有している者は殆どいなかった。ふたりとも携帯電話を持っていなかったので、連絡を取り合うこともできない。もっとも、W君は約束を交わしても平気で忘れたりするところがあったので、珍しいことではなかった。休みが明けたらパブでなにか奢らせようとN君は思った。寒いなか、これ以上待っていたら風邪を引いてしまいかねない。彼はひとまず家に帰ることにした。

駅のすぐ眼の前に、一軒のインド料理屋がある。

料理屋といってもイートインできる店ではなく、テイカウェイ（持ち帰り）の専門店だった。N君はこの店のチキンカレーが好きでよく買って帰るのだが、ボイルされたプチトマトがまるごと入っていて、酸味が効いており、とても好みの味なのだという。

「その日も買って帰ろうかと思ったんですが、店の電気が消えていたので、さすがにやってないかと諦めて帰ろうとした、そのときでした」

店の前に一台の自動車が止まった。暗い色の、その当時ですでに二十年落ちぐらいに見える古臭いデザインの車である。

すると、そこから覆面をした人物がひとり降りてきた。男のようである。小柄なのでイギリス人ではないのかもしれない。よく見ると、手にバールのようなものを持っている。

男が辺りを窺《うかが》うようにぐるりと周囲を見廻したとき、一瞬、N君は眼が合ったような気がした。しかし、覆面男は気にも留めない様子でインド料理屋の建物に近づくと、間をおかず、窓ガラス目掛けてバールを思い切り叩きつけた。

ガシャーン、というガラスの割れる音が深夜の通りに轟《とどろ》いた。と同時に、けたたましく非常ベルの音が鳴り響く。N君は一気に緊張を強いられた。

——泥棒か！

店舗は営業していないので無人の様子である。となると、売上金を盗む目的だろうか。しかしインド料理屋である。そんな大金を置いているはずはないのだ。固唾《かたず》を呑みながらN君は事の成り行きを見守っていた。

「後日この話をすると、なぜ警察に通報しないんだといわれますが、ああいうとき、そんな余裕はありませんよ。がたがた震えているだけで軀がまったく動かないんですから。男が出てくるまで、じっと通り越しに見つめていました」

十分ほど経った頃だろうか、男は手に大きな包みのようなものを持って店のドアから出てきた。周囲を見廻し、すぐに車に乗り込む。その場で大きく車を切り返すと、猛スピードでブリクストン方面に向かって走り去っていった。

非常ベルの音はもう鳴っていない。辺りは再び静けさに包まれている。割れたガラス窓にできている暗がりが、まるで適当に拵《こしら》えた陥穽《かんせい》のようだった。

なんだか見てはいけないものを見てしまった気がした。落ち着かない気持ちでN君は自宅に戻った。

翌日。

腹が減ったので、食料品の買い出しにスーパーマーケットに行くと休みだった。

イギリス人の商売っ気のなさに辟易《へきえき》としながら、仕方なく駅に向かう。電車に乗ってロンドン中心部の店に行こうと思ったのだ。するとそのとき、インド料理屋が視界に入った。

――昨晩あんなことがあったのだから、さすがにやってないだろうな。それに新年だし。

泥棒が入ったこと、店主は知っているのかな……。

通り越しにそんなことを思いながら店のほうを眺めると、昨晩派手に割られたはずの窓ガラスは特に痛んでいる様子がない。傷ひとつない、かといって新品にも見えない透明のガラスが窓枠に嵌《はま》っている。

どういうことだろう。すぐに気づいて新しいガラスを入れたのだろうか。いや、泥棒が入ってからまだ十時間も経ってはいないではないか。それに時期が時期である。大半の会社や商店は休んでいるのに、こんなに早く修繕できるものなのか。日本ならまだしもここはイギリスなのだ。普段からそういったことで不便を感じることが多かったN君は意外に感じた。

すると、店内に照明が点っているのに気づいた。

——まさか、営業しているのか。

自宅で料理をするのも面倒だなと感じていたN君は、道路を渡ってインド料理屋の前に立った。近づいてみてもガラスはやはり割れていない。

ドアを押し開けてみる。インド人の店主がいつものように愛想よくN君を迎えた。

「ハッピーニューイヤーって、すごく機嫌良さそうにいうんです。昨晩あんなことがあったというのに。でも、昨夜ここに泥棒入りませんでしたか、なんて訊けませんよね。一部始終見ていたくせに通報もしなかったんですから。そんなことといったら、僕が怪しくなっちゃいますし」

チキンカレーをふたつ買い求めた。新年なのでチキンを多めにサービスしておきましたよ、と店主はいった。

自宅で食事を済ますと、ライアンさんというイギリス人のハウスメイトに、昨晩、駅前のインド料理屋に泥棒が入ったことを知っているか尋ねてみた。

「そんなことあったのかい、知らなかったよ」とライアンさんは答えた。

すると、こんなふうに続けた。

「あの店に君はよく行くようだね。いや、僕もインド料理は好きだし、あそこが評判いいのは知っているけれど、どうも行く気がしなくてさ。というのは、君も知っているように、僕は自分の名前もまだいえないぐらい幼い頃、この家に住んでいた叔父に預けられたんだ。十三歳までここで育ったのだから、この街の古いことは大体知っているんだ――」

インド料理屋が開店したのは、彼がプライマリースクール（小学校）から郊外のボーディングスクール（私立の寄宿制学校）に移ることになった年だという。一九八三年のことだそうだ。

インド料理屋が開店する前、その建物は老夫婦が営むアンティークの宝石店だったという。子どもだったライアンさんからすると、たいしたものが置いてあるようには見えず、がらくたばかり並んでいるように思えたそうだ。

「実際、客が入っているのを見たことがなかったし、老夫婦は善良なひとたちではあったけれど、裕福そうにはとても見えなかった」とライアンさん。

その年の夏のある夕方、宝石店に強盗が入り、店にいた老夫婦は無惨にも殺されてしまったという。刃物で数十箇所も滅多刺《めったざ》しにされ、店内はまさに血の海だったそうだ。

「たんなる物盗りにしては殺し方が残酷すぎると大騒ぎになってね。テレビ局もたくさん来たよ。しかし不思議なもので、ああいう悲惨な事件が起きると、犯罪者やそれに近いような連中が自然と集まってくるんだ。しばらくこの街も治安の悪い時期があってね。今はだいぶ落ち着いたけれど」

事件のせいで家賃が大幅に下がったのだろう、すぐにインド人が入居して間もなく料理屋が開店したそうである。

ライアンさんにとっては老夫婦の記憶があまりにも強く、前を通っただけであの忌《い》まわしい事件を思い出してしまうというのだった。

「だから絶対あの建物には入れない。近寄るのも厭なんだ。いくらあの店のカレーが美味いことを知っていてもね。今の店主も当然事件のことは知っているんだろう。それぐらい早いタイミングの入居だったたから」

数日後、再びN君はインド料理屋に向かった。泥棒が入ったかどうかを店主に探りを入れてみようと思ったのである。

いつものように愛想よく店主は彼を迎えた。

「ニューイヤーズ・イブの夜は営業していませんでしたね、と訊いてみました。ここのカレーを友人に食べさせたかったけど休みだった、って。すると不思議そうな顔をして、営業はしていたというんです。その日は朝方までやっていたと。そんなはずはありません。周囲には間違えそうな建物はありませんし、男がバール片手に暗い店内に押し入るのをこの眼で見たんですから」

結局、泥棒が入ったことは確かめられなかった。

店主に接する限り、そんなことが起こった様子はまったく見られない。となると、あれは幻覚だったのだろうか。いや、そんなはずはない——。

「霊感とかありませんし、そういうものを信じているわけでもありませんが、ひょっとして僕の見た泥棒は、老夫婦を殺害した犯人の幽霊なのでは、とそんな莫迦げたことをふと思ったんです。ガラスの割れる音や非常ベルが鳴る音なんて、すごく生々しかったんですけど。いまだに耳に残っていますし、とても幻覚や幻聴には思えません。しかし、老夫婦の幽霊を見たというならまだしも、加害者の幽霊なんて聞いたことがありませんよね。だから腑に落ちないというか、いまだに不思議で仕方ないんです」

古写真

知人のNさんの実家は写真館を営んでいたそうである。

明治時代に建てられたという白い洋館は大層立派なもので、市の歴史的建造物に指定されているそうだ。もっとも写真館を継ぐ者はなく、父の代で廃業したとのこと。

父の死後、店のなかを整理していたNさんは一葉の奇妙な写真を見つけた。

白黒写真。

いつ撮られたものか判然としないが、その感じから、父ではなく、祖父、あるいは曽祖父が撮影した写真ではないかと思われた。

厳格な表情の、口髭《くちひげ》をたくわえた袴《はかま》姿の男性。四十代に見えるが、昔のひとなので、実は案外若いのかもしれない。撫で付け髪の、頭だけを斜めに傾けた姿勢で、足を広げ気味に深くソファに腰掛けている。袴とソファの取り合わせに少し違和感を覚える程度で、特におかしなところはない。腕、以外は――。

肘掛のうえに両腕は載せられている。が、それはどう考えても長すぎる。ソファは三人掛けで、今も写真館に保管されているものだ。その横幅は百七十センチほどある。

どういったひとなのだろうか。

もしかしたら、先天性のそういう異常を持った人物なのかもしれない。あまり聞いたことはないが、もしそうだとしたならば、わからない話ではない。

ふと写真を裏返した瞬間、思わず息を呑んだ。

『三日ノ後、J男爵逝去セラル。此寫眞ノ所為デアルカハ不明。』

青い字でそう書かれていた。またそれに続くように、

『十有三人ガ聚マリテ寫セシ寫真ノ中ノ一人ハ必ズ欠クルモノト謂フ。然レバ過日、閣下ヲ……』

インクが滲んだようになっていて、続きは読めなかったという。

呪縛

Ｆ子さんは大学生のとき、古いアパートの一階に住んでいた。よって、洗濯物はタオル類しか外に干せなかった。

ある日、洗濯物を取り込んでいると、男児の名前が書かれた下着が紛れ込んでいる。隣に住む大家にアパートの更新料を持っていった際、近所にこういう名前の男児が住んでいないかと尋ねてみた。すると俄《にわ》かに大家の表情が曇り、まだ住んでもらえるなら、と更新料の入った封筒をそのまま返された。部屋に戻ると、なぜか男児の下着はなくなっていた。

それから五年ほど経った頃、職場で知り合った男性と恋に落ち、結婚した。

ほどなく身ごもり、出産。元気な男の子だった。

夫が出生届けを提出しにいったが、役場から帰ってきたそのとき、ふとあることに気づいて、Ｆ子さんは総毛だった。

あの下着に書かれていたのと同じ名前をわが子に名付けていたからである。

マイ・ファニー・バレンタイン

不動産業のKさんの話である。

十年前の初夏のある日、仕事が休みだったKさんは、ひとり海までドライブに出かけた。

その帰り道のこと——。

陽は傾きはじめ、空一面鮮やかな夕映えが広がっている。なんとはなしに掛けていたカーラジオから流れてくる音楽にふと意識がいった。

チェット・ベイカーの『マイ・ファニー・バレンタイン』。

この曲、ひと頃よく聴いたな。

曲に合わせて口ずさみ始めた、そのときだった。

フロントガラスの左端にひとのような黒い影がぼうっと映った。——と思うまもなく、人影はフロントガラスのうえを歩くように横切った。危うくブレーキを踏みそうになったが、高速道路である。そんなことをしたら大事故になりかねない。第一、ひとを撥《は》ねた感じがまったくないのだ。そんな衝撃などなかった。少し先に待避所があったので車を停め、外に飛び出た。車体を確認してみるが、なにかがぶつかった形跡は見当たらない。先ほどのように百キロ近くのスピードでひとを轢いてしまったら、フロントガラスは割れてしまうだろう。が、罅《ひび》ひとつ入っておらず、ボディに凹《へこ》みもない。道路にもひとが倒れている様子は見られなかった。その証拠に、次々やってくる後続車たちはなにごともなかったように猛スピードで通り過ぎていく。

気のせいだったか。いや、それにしたって……。

その後は特に変わったことは起こらず、無事家路に辿りついた。

その一週間後のこと。

大学時代の友人から電話が掛かってきた。珍しいな、と思いながら出ると、共通の友人であるY君が交通事故で亡くなったと告げられた。その経緯を訊くと、Kさんは言葉を失った。一週間前にKさんが幻の人影を撥ねてしまった、まさに同じ場所で事故に遭ったというのだった。

「あのとき、ラジオで『マイ・ファニー・バレンタイン』が掛かっていたんですけど、その曲を知ったのは、亡くなったYからCDを借りたのがきっかけだったんです。まあ、たんなる偶然だとは思いますが――」

Y君は社用車を運転中、どうしたわけかスピンを起こしたという。よほど気が動転していたのか、彼は車外に出てしまった。その瞬間、後続車に撥ねられてしまったのだそうだ。現場には二台のタイヤ痕が黒々と残っているとのことだった。

わからないのは――、とKさんは続ける。

「どうしてスピンを起こしたか、ということです。その日は雨も降っていなかったようですし、そんなふうになる原因が思いつかないんです。道路になにか障害物でもあったのか、それとも……」

僕が見た人影をあいつも見たんじゃないでしょうか。だから急ブレーキを掛けてスピンしてしまった、――そんなふうに感じるんです。

後日、Kさんから電話が掛かってきた。

「最近ふと思ったんですが、僕が撥ねた人影はYだったんじゃないかと。あの曲との符合といい、なんかそんなふうに感じ始めると、そうとしか思えなくなってしまって――」

果たしてそんなことがあるだろうか。Y君が事故に遭う一週間前にKさんは人影を見ているのだ。つまり、あのときY君は存命だったのだから、幻の人影がY君の亡霊であったというのは、まったくもって納得しかねるのだが――。

「自分があいつを轢き殺したような錯覚に陥っているんです。そのせいで後味が悪くて、最近ろくに眠れなくて……」

そう低声《こごえ》でKさんは呟いた。

絶命

Iさんは大学生の頃、自宅アパート近くの公園で戦隊ヒーロー物の撮影をしているのを見かけた。テレビは一切観ないので、番組名はわからなかった。

全身タイツを身に着けた者同士が掴み合い、互いに殴打したり蹴ったりしている。複数のスタッフがそれを取り囲み、カメラを廻しているのをIさんは遠目に眺めていた。

しばらく組《く》んず解《ほぐ》れつした後、ヒーローの放った一撃で悪役戦闘員が植え込みのなかに激しく倒れ込んだ。どうやらそこで絶命したようで、撮影は終了となり、俄かにクルーは撤収した。

後日、くだんの公園のベンチで本を読んでいると、先日の撮影で悪役戦闘員が倒れ込んだ植え込みが気になって仕方がない。近づいてみるが、特に変わったところは見受けられなかった。

それ以降も公園脇を通る度、植え込みのほうに意識をとられ、そちらのほうを眺めるのが日課になってしまった。撮影に出くわすまでは、なんということなく歩いていた道とあり、なぜだろうと首を傾げた。その都度、悪役の男が苦しみ悶えながら死んでいく様が、スローモーションのように脳内で繰り返されるのが不思議でならなかった。

それから少し経った頃、近所の煙草屋の主人から、五年前に公園で殺人事件があったことをIさんは聞いた。

被害に遭った浮浪者は、悪役が倒れ込んだ、まさにあの植え込みの場所で殺害されていたという。

時間旅行

フランス人留学生マルセルさんの話である。

マルセルさんはフランス・パリのシテ島出身で、大学に入学するまでは両親と共に住んでいた。日本の高等学校に相当するリセに通うため橋を毎日渡るのだが、その際に奇妙な体験をしたそうだ。

「ポンヌフはご存じですか。映画の舞台にもなった有名な橋で、シテ島とパリの中心部を繋ぐようにセーヌ河に掛かっているのですが――」

ポンヌフは直訳すると「新しい橋」となるが、十六世紀から十七世紀にかけて造られたパリで一番古い橋なのだという。

ある日のこと。

橋の上を歩いていると、どこからともなく大きな叫び声が聞こえてくる。男性の声のようだが、聞き覚えのない言葉でなんといっているのかわからない。一瞬フランス語かと思ったが、どうも違うようだ。もっとも観光地なのだから、未知の言語が飛び交っていてもなんら不思議ではない。周囲にひとはいるが、叫んでいるような者は見当たらない。各々川面を眺めたり、談笑したりしている。特に変わった感じのひとはいなかった。不可解ではあったが、そう深くは気にせず学校に向かった。

その数日後、再び叫び声を聞いた。同じ橋の上である。先日と同じ言葉だったが、あいかわらず意味がわからない。すぐに周囲を見るが、雨が降っているせいか、ひとは殆ど歩いていない。――と、そのとき彼は不思議に思った。ヘッドフォンをして音楽を聴いていたのだ。それも大音量でハードロックを掛けていたのである。それなのになぜ叫ぶ声が聞こえてきたのか。たしかに激しい音楽ではあるが、そんな叫び声など入っていない。何回も繰り返し聴いている曲なのだから間違いない。となると、あの叫び声はどこから聞こえてきたのだろう。周囲には叫び声を発しそうな人物はひとりもいなかった。

「その後も何度か同じ叫び声を聞きました。でも段々慣れてきてしまったんです。その頃、家を出て独り暮らしをすることになって――」

それからは橋を渡ることはめったになかった。実家へ帰るときにたまに通るぐらいだったが、叫び声は聞くこともあれば聞かないこともあった。

リセを卒業後、パリ市内の大学に通うことになった。アニメを通じて日本という国に強く興味を抱いていたマルセルさんは、大学で日本語学科を専攻した。交換留学生の制度を利用し、日本の関西にある私立大学に一年間留学した。そこでどっぷり日本文化を堪能したマルセルさんは正式に日本の大学に入学する決意を固め、再来日したのだそうだ。日本に来て今年で六年目だという彼は現在、誰もが知る有名大学の大学院生である。

「今の大学に入って最初の頃、居酒屋に連れていかれました。そこで呑んでいるときに隣の座敷から酔っ払った男性客の声が聞こえてきたんです」

――ちっきしょうめ！

まさにその言葉だった。かつてポンヌフで聞いた叫び声。その語勢から、良い意味合いの言葉でないことを彼は察した。

日本語だったのか。しかし教科書にも載っていないし、これまで生活のなかで聞いたことがなかったのはなぜなのか。普段あまり使用しないのだろうか。そうだ、だから今まで知らなかったのだ。

一緒に呑んでいた日本人学生に尋ねると、困惑したような表情を浮かべて、あまり使わないほうがいい言葉だね、と答えた。

「後日、詳しく調べたら仏教用語だとわかりました。人間以外のケダモノを意味する『畜生』が訛った言葉で、相手を罵ったり憎んだりしたときに使う、と。たしかにあまりいい言葉とはいえませんが、こういったものこそ生きた言葉だと私は思います。もっと日本人は頻繁に使えばいいのに」

そういってマルセルさんは笑う。

実家近くにはノートルダム大聖堂があり、敬虔なクリスチャンが多い地域で彼は育った。そのわりに超自然的なことに関しては懐疑的だった。だから橋で聞いた叫び声を不可思議には感じても幽霊やそういった——面妖なものに結びつけることはなかった。が、来日してからは、そんな考えに少し変化があったという。

「日本の友人の大半が、自分は無宗教とか無神論者だといいますが、そんなことはありません。仏教《ブディスム》や神道《シントー》は日本人の心のなかや生活に脈々と根付いています。それは外国人の私だからわかるのかもしれませんが」

最近の趣味は神社仏閣巡りだというマルセルさんは、日本的宗教観が自然に理解できるようになり、また自身そういったものが身に付いてきたようだと語る。心霊現象を端から肯定するわけではないが、あの世とこの世は地続きである、——と、そんな思いを抱くようになったそうだ。

ポンヌフで聞いたのは、この世ならぬ者の叫び声ではなかったか。だから自分だけに聞こえたのだ。しかし、なぜ自分なのだ。他にあの叫び声を聞いた者はいないのだろうか。インターネットを駆使してあれこれ調べてみたが、そういった声を聞いたという書き込みを見つけることはできなかった。また過去に日本人が橋の付近で事件に巻き込まれていないかも調べてみたが、ヒットするものはなかった。

「ポンヌフは古い橋です。明治時代から多くの日本人——画家《パントル》や料理人《シェフ》、政治家《ポリティシャン》のようなひとたちが——大きなココロザシを抱いてパリに渡ったと聞いています。ですから、そこでなにか悪いことがあったとしてもおかしくはありませんね」

ひと呼吸おき、彼は続ける。

東洋人が珍しかった時代ですから、酷い目に遭うこともあったでしょう。そんな彼らが橋の上から故郷を想って叫んだ声、心の叫びのようなものが、時間旅行《ヴォワイヤージュ・ドゥ・タン》のようにして私の耳に聞こえてきたのかもしれません。あの声のせいかわかりませんが、自分はこの国に来させられた気がするのです。

使役受身の動詞を巧みに用いて、マルセルさんはそう語った。

福澤《ふくざわ》徹三《てつぞう》

小説家。怪談実話集では『怪を訊く日々』『黒本平成怪談実録』『いわくつき日本怪奇物件』『黒い百物語』『盛り塩のある家』、〈忌談〉シリーズなど。

ネスト

主婦のSさんの話である。

Sさんは夫と五歳になる息子の三人で暮らしている。

夜は六畳の和室で寝ているが、ある時期から息子のYくんが布団に入るのを拒むようになった。理由を訊ねると、壁にぶらさげてあるぬいぐるみが厭だという。そのぬいぐるみはアニメの人気キャラクターで、以前はYくんのお気に入りだった。

「前は好きだったのに、なんで厭なの」

「知らない」

Yくんはぶっきらぼうに答えた。

はじめはただの気まぐれかと思ったが、いつまで経っても布団に入るのを拒む。Sさんはそれからも、なぜぬいぐるみが厭なのか訊いた。するとYくんは決まって、

「知らない」

硬い表情でかぶりを振った。

なにかを隠しているような気がして、Sさんは根気よくおなじ質問を繰りかえした。

Yくんは知らないといい続けたが、ある夜いつもと雰囲気を変えて、

「ねえ、どうしてぬいぐるみが厭になったのか、教えてよー」

ねだるように訊いたら、Yくんはつぶらな眼を光らせて、

「ネストがいるんだよ」

「ネスト？」

「うん。ネストを助けなくちゃ」

「ネストってなに？」

Yくんは懸命に説明するが、本人にもうまく表現できないようで、まったく意味がわからない。ただ、そのネストというなにかが壁のあたりにいて、それが気になっているのだけは理解できた。

つまり、ぬいぐるみが厭だといったのは口実で、ほんとうに厭なのはネストか、それにまつわるものらしい。

ネットで調べてみると、ネストとは英語で巣や隠れ家という意味だった。なにかの巣が壁にあったら怖いが、Yくんがいうネストとはニュアンスがちがう気がする。

ほかにはマトリョーシカ人形のように同形で、それよりちいさな器物を順番に入れる「入れ子」やコンピュータのプログラミングを構成する手法の意味もあったが、どちらもぴんとこない。

Yくんが壁を気にするから、Sさんはいつも壁際で寝るようになった。

深夜、ふと眼を覚ますと、Yくんがこちらをむいていて自分の肩越しに壁の一点を見つめている。わが子ながら、さすがに不気味で、

「どうしたの」

と訊くが、Yくんは答えない。

ただ、なにかにおびえたように眼を見開いている。そんなことが何度かあった。

Yくんが最初にネストという言葉を口にしてから、一年近くが経った。

六歳になったYくんはずいぶん成長したが、あいかわらず壁を気にして、なかなか布団に入らない。ひとりで寝るのはもちろん、寝室に入るのさえ厭がる。

「どんなものが見えるの？」

Sさんは何度となく訊ねた。

「ネストだよ」

Yくんはそう答えるばかりだが、壁を見つめる眼がなにかを追うように動くときがある。どうやらネストは壁にとどまっているだけではなく、ときおり移動するようだった。

あるとき思いついて、Yくんにクレヨンと画用紙を渡し、ネストの絵を描くよう頼んだ。Yくんは迷わず黒いクレヨンを手にすると、煙のようなもやもやしたものを描いた。

「これがネストなの？」

「そう」

Yくんはひどく不快そうな表情で答えた。

ますます不安になって夫に相談すると、

「おまえに甘えたくてやってるんだろ。じきに治るさ」

「そんなんじゃないって。あれが演技なら劇団に入れるわ」


ある夜、Yくんを寝かしつけていたら、おかあさん、とつぶやいた。

「どうしたの」

「きょうはネストが食べられてるよ」

Yくんは険しい表情で壁を見つめている。

ネストが食べられるということは、ほかにもなにかがいるらしい。

Yくんの様子からすると、その夜を境にネストはなにかに食べられ続けているようだった。が、なにがいるのかは教えてくれない。しつこく訊ねると、

「もう訊かないで――」

Yくんは悲痛な顔でいうから、問いつめることもできない。

ところが最近になって、Yくんはネストのことをぴたりと口にしなくなった。それはそれで気になるから、恐る恐るわけを訊いたら、Yくんはぽつりと、

「ぜんぶ食べられちゃった」

Sさんはわけのわからぬまま、ぞくりとした。

それ以来、Yくんは壁を気にしなくなり、寝つきもよくなった。

しかし安堵したのも束の間、Yくんの軀《からだ》に奇妙な痣《あざ》ができるようになった。

はじめは自分で引っ掻いたのかと思ったが、痣は手の届かない場所にも点々とある。

痣は三本の指でつまんだような形状で、病院にいっても原因がわからない。

このまま治まってくれればいいが、痣は夜ごとに数を増しているという。

「ネストってなんなのか、誰かご存じないでしょうか」

とSさんはいった。

センサーバード

会社員のNさんの話である。

五年ほど前、彼女はワンルームマンションでひとり暮らしをしていた。

以前から部屋がせまいのが悩みで、もっと広い部屋に住みたいと思っていた。引越しの手間が面倒でそのままになっていたが、思いきって不動産屋を訪れた。

いくつか紹介されたなかで、あるマンションが気にいった。

建物は四階建てで部屋は二階の２ＤＫである。築年数はかなり経っていたが、その部屋はリフォームしたらしく、新築のようにきれいだった。

それなのに家賃は相場よりもかなり安かった。

あるいは過去に変死があった事故物件かと思ったが、不動産屋によれば家賃が安いのは建物が古いのと、猫が出入りするからだという。

「一階に住んでる大家さんが地域猫のボランティアをしてたんです。それで野良猫がうろちょろしてるけど、動物嫌いなひとは厭がるからって」

Nさんは納得して、その部屋に引越した。


引越しから何日か経った夜だった。

ひとり暮らしとあってまだ片づけは終わらず、部屋の隅に段ボール箱が積まれている。

それらを開けて荷物を整理していると、ぼッ、となにかが燃えるような音がした。

なんの音かと室内を見てまわったら、浴室のそばにある給湯器が点火している。

しかし風呂を沸かしてはないし、シャワーの湯もだしていない。念のためにキッチンを見にいくと蛇口はちゃんと締まっている。

そのときはなにかで誤作動したのだろうと思ったが、それ以来、湯をだしていないのに給湯器が何度も点火するようになった。時刻は決まって深夜である。

給湯器の故障を疑ったNさんは、大家に頼んで業者に点検してもらった。

その結果、なにも異常は見つからなかった。

けれども深夜になったら、ぼッ、と音をたてて給湯器が点火する。

「変だなと思ったけど、特に問題はないから、そのままにしてました」

ある日、部屋を訪れた女友だちが引越し祝いに青いインコの人形をくれた。

その人形はセンサーバードで、誰かが前を通るとセンサーが反応して、さえずる仕組みになっている。Nさんが前からペットを飼いたがっていたのを友だちはおぼえていて、

「毎日忙しいから、ペットの世話どころじゃないでしょ。これで我慢して」

センサーバードは、来客を知らせるために玄関先や軒下といった屋外に置くのが一般的だが、友人は玄関に置くよう薦めて、

「仕事から帰ったとき、小鳥が出迎えてくれた気になるよ」

Nさんは礼をいって、さっそくセンサーバードを玄関に置いた。


その夜、ベッドで寝ていたNさんは、けたたましい電子音で眼を覚ました。

「ぴりりりりり。ぴるるるるる」

玄関でセンサーバードがさえずっている。

ずっと寝ていたから前は通っていない。

なんに反応したのかと思ったが、しばらくするとまた、

「ぴりりりりり。ぴるるるるる」

センサーバードがさえずりだした。さして大きな音ではないが、深夜とあって耳障《みみざわ》りに感じる。それが何度も続いたので、不気味になって電池をはずした。

ふたたびベッドで横になったとき、ふと給湯器のことを思いだした。玄関の横が浴室だから、センサーバードは給湯器のそばにある。

「お風呂場に、なにか原因があるのかな」

そう思った瞬間、ボッ、と給湯器が点火する音がして鳥肌が立った。

それから一週間が経った。

給湯器の異常はあいかわらずだったが、ちょうど仕事が忙しくなって考えるひまがない。毎晩のように終電で帰る日々が続いていた。

その夜はひさしぶりに仕事が早く終わって、終電前に帰宅できた。

きのうまでは出勤前にシャワーを浴びるだけで、ずっと湯船に浸かっていない。あすは昼までに出勤すればいいから寝坊もできる。

Nさんはエッセンシャルオイルを湯に入れたり、クレンジングをしたり、バスタイムをのんびり楽しんだ。たっぷり湯に浸かったおかげで、全身の凝りもほぐれている。

「そうだ。湯上がりにパックしようと思って――」

鼻歌まじりで浴室の扉を開けた。とたんに軀が棒のように硬直した。

バスマットの上に、ジャージ姿の見知らぬ男が立っている。

血色の悪い顔に無精髭《ぶしょうひげ》を生やし、歳は四十ちょっとに見える。男の眼は膜がかかったようにうつろで、どこを見ているのかわからない。

頭のなかが真っ白になって、悲鳴もでなかった。ようやく脳裏に浮かんだのは、

「あたし――マッパじゃん」

という思いだったが、次の瞬間、男は消えた。

「時間にして一秒もなかったと思います。じわじわ消えるとかじゃなくて、瞬間に消えました。なにが起きたのか理解できなくて、しばらくあっけにとられてて――」

そのあと急に怖くなった。

Nさんは全裸のまま、バスタオルを手にして寝室に駆けこんだ。浴室に近寄りたくないから、そこで軀を拭いてスエットに着替えた。

と同時に耐えがたい疲労をおぼえて、猛烈な眠気が襲われた。その場に立っていられないほどの眠気で、ベッドに横たわるのがやっとだった。

Nさんはそのまま昏睡するように眠った。

「いままで経験したことのない眠気でした。全身の力を吸いとられたみたいな」

翌朝、Nさんは遅刻ぎりぎりの時間に眼を覚ました。

長風呂のせいで夢を見たのかと思ったが、湯上がりのまま走った証拠に浴室から寝室にかけて床が濡れている。幻覚だったにしても、男の姿はあまりに鮮明だった。


それからは浴室に入るのが怖くなった。

とはいえ毎晩仕事で疲れて帰ってくるのに、入浴せずにはいられない。だが湯船に浸かっていたり髪を洗っていたりすると、不意にあの男の気配を感じる。

そんなときは、浴室をでるのがたまらなく恐ろしい。

幸いあの男は姿を見せなかったが、気配を感じた夜は以前とおなじような疲労感があり、猛烈な眠気が襲ってくる。ただ日中は入浴しても、そうした気配は感じない。

Nさんはなるべく出勤前にシャワーを浴び、夜は浴室に入らないようにした。

それでも部屋にいるだけで、なんとなく落ちつかない。ストレスのせいか頭はぼんやりして、体重が短期間で五キロも減った。

ある夜、Nさんはセンサーバードに電池を入れて、玄関に置いてみた。

それから寝室のベッドで寝ていると、しばらくして、

「ぴりりりりり。ぴるるるるる」

センサーバードがさえずりだした。続いて、ぼッ、と給湯器が点火する音がした。

「夜中に誰かが玄関を通って、浴室に入っていく。そういうことなのかって思いました」

そのとき、過去に浴室でなにかがあったと確信した。

部屋を全面的にリフォームしたのも、おそらくそれが原因だろう。

Nさんは引越しを決意した。

「大家さんはなにもいわなかったけど、あそこはぜったい事故物件です」

現在の部屋に引越してから、ぴたりと怪異はおさまった。

いまでもそのマンションはあるが、あの部屋に誰が住んでいるのか気になるという。

路地の女

外食関連の会社に勤めるJさんの話である。

七年前の冬だった。

その日、彼は出張で上京して取引先との会合に出席した。

先方の接待で何軒かはしごをし、タクシーに乗ったのは午前一時をまわっていた。

宿泊先のホテルは夕方にチェックインしてあるが、泊まるのははじめてだった。ホテルの名前を告げても運転手は場所を知らず、カーナビを頼りに走りだした。

シートに軀を沈めると、接待疲れのせいでまもなく目蓋《まぶた》が重くなった。

そのまうとうとしていると、

「お客さん、お客さん」

運転手の声で眼を覚ました。

ホテルに着いたのかと思ったが、運転手は首をかしげて、

「ナビだと、このへんなんですがねえ」

ホテルが見つからないという。窓の外に眼をやると、ホテルはすぐ近くのようだった。酔いざましにすこし歩きたい気がして、タクシーをおりた。

深夜の通りはひと気がなく、火照《ほて》った軀に冷たい風が心地いい。

だが、しばらく歩いてもホテルが見つからない。スマホで地図を確認しようと思ったら、いつのまにかバッテリーが切れている。

「まあ、そのうち見つかるだろう」

Jさんは胸のなかでつぶやいて、夜道を歩いた。

あたりはシャッターをおろした商店や民家ばかりで、暗く静まりかえっている。タクシーの窓から見たときはホテルの近くに思えたが、どうやら見当ちがいだったらしい。

あてもなく歩いていると、だんだん寒くなってきた。

誰かに道を訊ねようにも通行人はいないし、コンビニもない。またタクシーを拾おうかと思ったが、せまい通りとあって空車はおろか車一台通らない。

腕時計を見たら、もう二時をすぎている。ちゃんとホテルに着いていれば、とっくに熱いシャワーを浴びて、いま頃はベッドで眠っていただろう。

早く大通りにでたいが、道は入り組んでいて方角がわからない。

「――まいったな」

途方に暮れつつ歩いていたら、前方を女が歩いているのに気づいた。

細身の白いコートを羽織ってヒールが高く、水商売のような雰囲気である。彼女についていけば大通りにでられるかもしれない。そう思って女のあとを追った。

ところが女についていくうちに、細い路地に迷いこんでいた。

かろうじて大人がならんで歩けるくらいの道幅で、とうに潰れたスナックや小料理屋が道の両側にごちゃごちゃ軒を連ねている。

女はあいかわらず前を歩いているが、こんな路地が大通りに通じているとは思えない。

といってひきかえすのは億劫だし、脇道もない。

女はどこへいくつもりなのか、道のまんなかをゆっくり歩いている。このままのろのろ歩くのもじれったいから、早く路地を抜けようと思った。

だが足を速めても、女との距離が縮まらない。

女の歩調からして、たちまち追いつくはずなのに、いったいどうなっているのか。

Jさんは、女を追い抜くつもりで駆けだした。次の瞬間、

「待ちなさいッ」

背後で男の鋭い声がした。

ぎくりとして振りかえると、制服姿の警官が懐中電灯を手にして立っていた。制帽で顔はよく見えないが、声からすると中年のようだった。

警官はこちらに懐中電灯をむけて、

「そこで、なにをしてるんですか」

「なにって、道を歩いていただけ――」

といいかけて、前をむいたら道がない。さっきまで歩いていた路地は消え失せて、何歩か先に金属のフェンスがある。

フェンスは足でまたげるほどの高さで、そのむこうに商店や民家の明かりが見える。

Jさんは、いつのまにかビルの屋上に佇んでいた。

警官は、廃ビルに不審者が侵入したという通報を受けて様子を見にきたという。

しかしビルに入りこんだ記憶はまったくない。

あのまま走っていたら、死ぬところだった。

そう思ったら、いまさらのように背筋が冷たくなった。

警官にうながされて錆《さ》びついた非常階段をおりると、そこはさっきの路地ではなく、はじめて見る通りだった。閑散とはしているが、コンビニや飲食店の明かりが見える。

Jさんは信じてもらえないのを承知で、女のことを語った。

なるほど、と警官は気のない返事をして、

「早い話が酔っぱらったってことでしょう。呑みすぎには注意してください」

それで解放してもらえたが、別れ際にホテルへの道筋を調べてもらうと、いまいる場所から電車でふた駅も離れていた。

「あとで考えるとタクシーに乗ったときから、なにかが変だった気がします」

とJさんはいった。

すし詰め

会社員のTさんの話である。

二十年ほど前、短大生だった彼女はオープンしたばかりのカフェでバイトをはじめた。周辺は田舎とあって、こぎれいなカフェで働けるのはうれしかった。

オーナー兼店長は三十代なかばの男性で、明るい性格だった。以前はサラリーマンだったが、退職してからカフェでバイトをして経営のノウハウを勉強したという。

「生まれ故郷でカフェをやるのが夢でね。この店も昔からあった民家を改装したんだ」

店長は意気軒昂《いきけんこう》だったが、気持が逸っているせいか、よく怪我をした。

通勤用のロードバイクで転倒したり、路上でつまづいたり、生傷が絶えない。

業務に支障がでるほどではないが、あまりに怪我が多いのが気になった。

Tさんはホールで接客を担当し、店長は厨房で調理をしている。厨房のなかでは機敏な動きで、てきぱきとオーダーをこなしていく。それなのに、たまにホールにでるとテーブルにぶつかったり、椅子に足をひっかけたりする。

「はじめは、広い場所が苦手なのかなと思ってました」

ホールの担当はTさんのほかに女性がふたりいて、ローテーションで勤務していた。

オープンから三か月ほど経つと、常連客もついて店は忙しくなった。

厨房は備品で手狭になって業務用の冷蔵庫を移動した。そのせいで、ひとつだけあった厨房の窓がふさがれて外光が入らなくなった。

そのあたりから、店長の様子がおかしくなった。あれほど機敏に動いていた厨房でも、あちこちにぶつかったり、転んだりする。そのせいで食器が割れて後片づけが面倒だった。作ったばかりの料理をこぼして、オーダーが遅れたこともある。

「そんなとき、バイトの子がふたりとも急に辞めちゃって――」

店長にも相談はなかったらしく、辞めた理由はわからない。

急遽、店長の母親がホールを手伝った。それでも人手が足りず、Tさんも無理なスケジュールで働かざるをえなかった。

そんなある夜、カフェが火災に見舞われた。

不幸中の幸いで火はまもなく消し止められ、類焼はなかった。警察の現場検証によると火元は厨房だったが、その時間には誰もいなかった。

「放火の疑いもあったんですけど、恐らく漏電が原因ってことになりました」

店長はすっかり気力を失ったようで、そのまま店を畳んだ。むろんTさんも解雇になったが、むしろほっとした部分もあった。

「次のバイトの子が決まらないせいで、毎日疲れてましたから。それに、あのまま働いてたら、なにかが起きそうな気がしてたんです」


カフェの閉店からすこし経って、Iさんから連絡があった。

Iさんは一緒にバイトをしていた女性のひとりである。

無断で店を辞めたとあって、彼女にいい印象は持っていなかった。だが辞めた理由を知りたくてファミレスで待ちあわせをした。

ひさしぶりに逢ったIさんは、席につくなり頭をさげて、

「急に辞めちゃってごめんね。でも我慢できなかったの」

「なにが我慢できなかったの」

「店長。変なのを拾ってきちゃうから」

「変なのって――」

Iさんは自分がそういうものが見える体質だといって、

「店長って、しょっちゅう転んだり、つまづいたりしてたでしょ。あれは変なのが取り憑いてるからなの」

店長は毎日のように「変なの」を軀にくっつけてくる。それらがまとわりつくから軀のバランスを崩すという。

もっとも、それらはじきに離れていくので、それほど影響はない。だが業務用の冷蔵庫で窓をふさいだせいで出口がなくなった。

「あの窓は通り道だったの。それをふさいじゃったから、ぜんぶ厨房に溜まって――」

店長が厨房でも様子がおかしくなったのは、それが原因らしい。もうひとりいたバイトの女性もただならぬ気配を感じていたので、同時に辞めることになった。

「厨房は、もうすし詰め状態。そんななかで働いてる店長を見るのがつらかったの。でも急に辞めたのは悪かったから、Tさんにあやまりたかったんだ」

これですっきりした、とIさんはいった。

Iさんは、カフェの火災も厨房に溜まったものが原因だろうといって、

「そういう体質なのに本人がわからないと、いろんなトラブルが起きるから大変よ。気の毒だけど、店長は長くないかもね」

Tさんは半信半疑だったが、彼女とはいまでも連絡をとりあっている。

店長は店を閉めたきり、消息がわからないという。

深夜の宅配便

フリーライターのUさんの話である。

彼女は都内のマンションでひとり暮らしをしている。職業柄、部屋は仕事場を兼ねているから、遅い時間まで原稿を書くことが多い。

その夜、Uさんがパソコンにむかっていると、玄関のチャイムが鳴った。

マンションはオートロックで、いきなり玄関までくるのは不可能だ。

まずエントランスのドアホンで住人を呼びだし、ロビーの扉を開けてもらわないと建物には入れない。にもかかわらず、玄関のチャイムが鳴っている。

「ピンポーンピンポーンって、うるさいんです」

昼間なら、ほかの住人がロビーの扉を開けた隙に営業や勧誘のたぐいがまぎれこむこともあるが、夜には経験がない。

恐る恐るドアホンのテレビ画面を覗くと、帽子に制服の男が廊下に立っていた。

見慣れた宅配便の制服である。

「なんだあ。宅配便かと思ったんですけど――」

壁の時計を見たら、十一時五十五分だった。

荷物がくる予定はないし、宅配便の配達時間は夜の九時までだ。

そもそも制服の男は荷物を持っていない。

不審に思って応答しないでいたら、ドアホンのテレビ画面が消灯した。

すこしして点灯してみると、玄関の前には誰もおらず、暗い廊下が映っている。ほんとうに宅配便なら不在連絡票を投函していくはずだが、それもない。

「いまのは、誰だったんだろう」

Uさんは不気味に思ったが、それ以来、おなじ現象がたびたび起こるようになった。

夜の十一時五十五分くらいになると、玄関のチャイムが鳴る。ドアホンのテレビ画面には以前とおなじ宅配便の制服を着た男が映っている。

帽子のせいで顔はわからないが、テレビ画面が消灯すると同時に姿を消す。去っていく足音がしないので、生身の人間ではないと気づいた。

マンションの住人とは交流がないから、あの男がほかの部屋も訪れているのかどうかわからない。もし自分の部屋にだけやってくるのだとしたら、それはそれで恐ろしい。

いずれにせよ、夜の十二時前になると仕事が手につかない。

Uさんはその時間は部屋をでて、近所のファミレスで仕事をするようになったが、それも不便でストレスが溜まる。

「だからって管理会社には相談できないし、友だちや取引先にいったら頭が変だと思われるだろうし――」

Uさんは思いあまって実家に電話した。Uさんの実家は地方にあって、両親は一戸建てに住んでいる。電話にでた母親にいままでのことを打ち明けると、

「母はびっくりした声で、えッ、あんたんとこにもくるの、って」

実家にも夜中に宅配便がくるという。

あの男とおなじ制服だが、あらわれる時刻は決まって午前二時である。

Uさんのマンションと同様、玄関のチャイムとともにドアホンのモニターが点灯し、宅配便の制服を着た男が映る。父親がすぐに飛びだしていくが、玄関のドアを開けると男の姿はなく、宅配便らしき車も見あたらない。

はじめ両親は誰かのいたずらだと思った。

だが実家では番犬として、庭で大型犬を飼っている。気性が荒い犬で不審者がいたら必ず吠えるのに、午前二時のチャイムのときは犬小屋に入ったまま沈黙している。

「それで、人間じゃないってわかったみたいです」

いつからチャイムが鳴りはじめたのか母親に訊いてみると、Uさんがはじめてあの男を見たのとおなじ時期だった。

Uさんの部屋でも実家でも、いまだにチャイムが鳴って宅配便の男があらわれる。

「でも時間がずれてるってことは、もしかしたらうちに寄ったあと、実家にいってるのかも。そう考えたら、よけいに怖くって——」

あの男はなにを配達にきてるんでしょう、とUさんはいった。

わけありのドライブ

機械工場に勤めるMさんの話である。

三年前の十月、彼は母から奇妙なことを頼まれた。

「あたしの友だちの息子が友だちとドライブしたいていうてるんやけど、あんた、車運転してやってくれんかね」

彼らの年齢を訊くと、ふたりとも大学生だという。

Mさんは四十すぎとあって、大学生の相手をするのはわずらわしかった。

「なんで自分たちで運転せんの」

「ふたりとも車がないんよ。あたしがバイト代払うけん、頼むわ」

「金なんかどうでもええけど、おれあ大学生とやら、よう喋らんばい」

Mさんは渋ったが、母はいつになく懇願する。あまりのしつこさに断りきれず、次の日曜に大学生たちをドライブに連れていくことになった。

母は喜んで友人にその場で電話した。友人は母がパート先で知りあった女性らしい。

やがて電話を切った母は、出発は夕方の五時で、決まったルートをたどって欲しいという。Mさんは首をかしげて、

「変な時間から出発するなあ。それに決まったルートてなんなん?」

「なんでもええやん。二時間くらいしかかからんそうやけ、黙っていうこと聞いて」

その日、Mさんは自分の車で、待合せ場所のコンビニにいった。

コンビニの駐車場には、すでに大学生が三人待っていた。母の話ではドライブに連れていくのはふたりのはずだったが、べつに問題はない。

母の友人の息子だというAくんが地図を差しだして、

「この道を走って欲しいんです」

地図にはマーカーでルートが書いてある。Mさんはそれを受けとると、

「きょうは安全運転でいくから。それでよかね」

大学生たちは、やけに低姿勢でぺこぺこした。

三人が後部座席に乗りこむと、Mさんは車を走らせた。

十月の下旬とあって陽が落ちるのは早く、あたりはもう暗くなった。

後部座席の三人はおとなしくて、ときどき小声で喋るだけだった。話しかけようにも適当な話題がないが、沈黙が息苦しくてカーラジオをかけた。

地図のルートをたどって車を走らせると、ちょうど二時間くらいで目的地に着いた。

そこは山あいの道で、これといって見るべきものはない。こんなところになんの用があったのか不可解だった。大学生たちは外を眺めているだけで、車からおりようとしない。

それも奇妙に思えたが、役目はすませたのだから早く帰りたかった。

「さあ、ぼちぼちもどろうか」

そう声をかけると、Aくんがコンビニに寄って欲しいといった。

Mさんは承知して、近くのコンビニで車を停めた。

三人は車をおりてコンビニに入ったが、Mさんは車で待っていた。

やがてもどってきたAくんは、後部座席から缶コーヒを差しだして、

「よかったら、これ飲んでください」

「おお、ありがとう」

Mさんはそういって後部座席を振りかえったが、大学生はふたりしかいない。あとひとりはまだコンビニで買物をしているのかと思いつつ、

「あれ、もうひとりはどうした」

と訊いたとたん、ふたりの顔がこわばった。

「もうひとりって、どういうことですか」

Aくんがおずおずと訊いた。Mさんは眼をしばたたいて、

「ずっとうしろにおったやんか。自分らとおなじような服着た奴が」

「あの、ぼくたち最初からふたりですけど——」

もうひとりの大学生がそういったとたん、Aくんが涙をぼろぼろ流して泣きだした。

Mさんがあっけにとられていると、もうひとりがあわてた表情で、

「すみません。ちょっと待っててください」

車をおりてふたたびコンビニに走っていった。

彼はレジ袋をさげてもどってくると、眼に涙を浮かべて、

「実はぼくたち、二か月前に事故ったんです」

「えッ」

「こいつが運転しててガードレールに突っこんじゃって」

彼はAくんを顎《あご》でしゃくった。

事故を起こしたとき、後部座席に乗っていた彼と運転席のAくんは無傷ですんだが、助手席にいた友人は打ちどころが悪くて死亡した。

「あたりまえですけど、亡くなった友だちの両親はかんかんで、ぼくらは葬式にも顔をださせてもらえなくて――」

ふたりは友人と最後に通った道を、当時とおなじ時刻にもう一度たどってみたかった。そのためにAくんの母親を通じて、車を運転してくれるひとを探していたという。

「なら、さっきいったところが事故現場かい」

「はい。もういっぺん連れてってもらってもいいですか」

Mさんは信じられない出来事に動揺しながらも、いまきた道をひきかえした。

やがて山あいの道にもどると、ふたりは泣きながら車をおりた。彼らはレジ袋からチョコレートやミネラルウォーターをだして道路脇に供えた。

さっきは気づかなかったが、あらためてその場所を見たらガードレールが部分的に撤去されていて、枯れかけた花束が置かれていた。

「車に乗ったんは、ぜったい三人やった。はっきり見えたけん、幽霊とは思わん」

Mさんは母や知人たちにそう語った。

ただ亡くなった大学生とおぼしい男性の髪型や服装はおぼえているが、顔はどうしても思いだせない。それが一段と不思議だった。

母からもらったバイト代は一万円だったという。

吉田さん

飲食店を経営するWさんの話である。

十年ほど前、彼は妻とふたりで自動車旅行にでかけた。宿泊先のホテルを決めてあるだけで、あとはなりゆきまかせの一泊旅行だった。

ホテルに泊まった翌朝、Wさんは近くをドライブしようと思って、

「このへんに景色のいいところはありますか」

フロントの女性に訊いた。制服の名札に吉田とある。彼女は笑顔で、

「それなら、地元のひとしか知らない穴場がありますよ」

Wさんはその場所を聞いて、位置情報をカーナビに入力した。

Wさん夫婦は車に乗って目的地にむかった。

ところが、しだいに道の勾配がきつくなり、山のなかへと入っていく。カーナビの指示どおりに走っているから、道はまちがっていないはずだ。

けれども妻は不安げな表情で、

「ほんとに大丈夫なの」

「穴場っていうから、辺鄙なとこなんだろう」

とWさんはいった。けれども道はどんどん悪路になり、車体が大きく揺れる。道路脇には立て看板がいくつもあって「思いとどまってください」とか「死んではいけない」とか「家族のことを思いだして」といった文字が記されている。

さすがに変だと思って車を停めると、そのむこうはガードレールもない切り立った崖だった。Wさん夫婦はぞッとして、急いでホテルにひきかえした。


やがてホテルに着くと、Wさんはフロントにいった。

あの場所を薦めた女はおらず、べつの男がフロントにいたが、怒りはおさまらない。

「なにが穴場だ。とんでもない場所を案内しやがって」

「どちらへいかれたんでしょう」

Wさんが場所を説明すると、フロントの男は怪訝《けげん》な表情で、

「あそこは自殺の名所ですよ。どうして、そんなところに――」

「どうしてもこうしても、ここにいた吉田って女が薦めたからだ」

「当ホテルに、吉田という者はおりませんが」

「嘘をつけッ。おれはちゃんと名札を見たんだ」

しばらく押し問答をしていたら、支配人だという初老の男性があらわれた。

支配人はWさん夫婦をロビーの隅に案内すると、困惑した表情で、

「ほんとうに申しわけございません。たまにでるんです」

「でるって――」

「以前にも何度か、お客様から同様の苦情を承っております。フロントにいた吉田という女性から、あの場所を薦められたと――」

しかし過去にそういう女が勤めていたことはなく、正体は不明らしい。

そのくせ、わざわざ名札をつけているとはタチが悪いが、部外者が勝手にフロント内へ入れるのだろうか。Wさんは首をかしげて、

「あの吉田って女は、なんなんですか」

支配人はそれには答えず、

「ともかく、呼びこまれなくてよかったです。お帰りの際も、どうぞお気をつけて」

深々と一礼した。

「あのいいかたからすると、誰か呼びこまれたひとがいるんじゃないか」

支配人の慇懃《いんぎん》な態度に、そんな不安をおぼえた。

Wさんは予定を早めに切りあげると、安全運転で家路についたという。

再会

会社員のHさんの話である。

十年前の夏だった。

当時、大学生だった彼は友人とふたりで、T県にある従弟の家に遊びにいった。

従弟はHさんたちを歓迎してくれたが、民家もまばらな田舎とあって遊ぶところがない。夜になるとあたりは真っ暗で、虫や蛙《かえる》の声しかしない。

従弟はふたりをもてなそうと思ってか、友人のDくんを呼びだしたが、喋っているばかりではすぐに退屈する。Hさんと友人はひまを持てあまして、

「いまから、どうしようか」

「まだ寝るには早いしな」

そんな会話を交わしていたら、

「そうだ。肝試しをしよう」

と従弟がいいだした。

従弟の家の近所には、心霊スポットとして有名な廃屋がある。大学生にもなって肝試しに興味はないが、なにもしないでいるよりはましだった。

四人は懐中電灯を持って、その廃屋を訪れた。

ぼろぼろに朽ちた廃屋は不気味だったが、幽霊のたぐいは信じていない。Hさんが先頭に立って引戸を開け、四人は玄関に足を踏み入れた。

そのとき家の奥から、ぬうッ、と中年男が顔をだした。

「――でたあッ」

Hさんたちは恐怖のあまり、一目散に駆けだした。

しばらく走ったところで四人は足を止め、いま見たものについて話しあった。

さっきは動揺して幽霊だと思ったが、冷静に考えたら廃屋に住みついているホームレスかもしれない。そんな話をしていると従弟の友人のDくんが、

「さっき見たのは、おれの父ちゃんかもしれん」

Dくんの父親は二年前に家をでたきり、行方不明になっていた。

母親は捜索願をだしたが、消息はつかめなかった。警察は家出を疑っていて、事件性は

薄いと判断したようだった。

もし家出にしても、父親が近所の廃屋に住んでいるとは思えない。しかしDくんは、

「やっぱり、あれは父ちゃんの気がする」

「そこまでいうなら、おまえのかあちゃんにも知らせて、あしたまた見にいこう」

と従弟がいった。


翌日の午後、従弟はDくんとその母親の三人で、ゆうべの廃屋を訪れた。

室内を調べても父親の姿はなかったが、部屋の隅で白骨化した遺体を発見した。

三人はあわてて警察に通報し、まもなく警官が駆けつけた。

Hさんはそんないきさつを従弟から聞いて驚いたが、怖くて廃屋にはいかなかった。

したがって以下は従弟からの伝聞である。

白骨化した遺体は警察署に移送され、身元が調査された。その結果、歯型や遺留品から、遺体はDくんの父親だと判明した。死亡からかなりの時間が経過しているせいで、父親の死因や亡くなった時期はわからなかった。

父親が失踪してから、すでに二年が経っている。そのあいだに廃屋を訪れた若者は大勢

いたはずなのに、どうして遺体が見つからなかったのか。

父親はあの廃屋で暮らしていたのか、それともべつの場所で亡くなったのか。

それらの疑問は、いまだに謎のままである。

ただ従弟の住む地域では、息子であるDくんに自分の存在を知らせるために、父親が姿を見せたのだろうと、しばらく噂になったという。

緊急連絡網

主婦のFさんの話である。

いまから二十七年前、Fさんが小学校四年の頃だった。

おなじクラスにCさんという女の子がいた。Cさんは母親とふたり暮らしで、家が貧しかったせいか、同級生からいじめられていた。

Fさんは気の毒に思ったものの、とばっちりが怖くて口をだせなかった。

陰湿ないじめにもめげず、Cさんは元気に登校していたが、突然学校にこなくなった。

担任によれば、急な引越しで転校したという。

Fさんはさびしく思う反面、これで彼女もいじめから抜けだせると安堵した。


去年、Fさんの長男が小学校に入学した。

クラスごとに緊急連絡網があるが、個人情報の保護を理由に管理がきびしく、コピーや譲渡の禁止、親どうしでも必要以外の情報は教えないといった決まりがある。

それでも緊急連絡網があるだけましで、個人情報はいっさい教えない学校もある。その原因は一部の保護者で、すこしでも個人情報が漏れるのに反対するらしい。

「そこまで神経質になる必要があるのかな」

近所にある実家にいったとき、母にそんな話をすると、

「昔は呑気なもんだったよ。誰かが転校したら連絡網の名簿にバッテンつけて、新しく入ってきた生徒の連絡先をそこに書いたりしてたから」

Fさんが通っていた小学校は生徒の数がすくなかったから、緊急連絡網は学年単位で作られていて、一年生から六年生までおなじものを使っていたという。

そういえば、と母親はいって、

「あんたが小四のとき、Cちゃんって子がおったやろ」

「うん。途中で転校したけど」

「転校やない。ほんとは母親が無理心中したんよ」

「――えッ」

「保護者はだいたい事情を知っとった。けど生徒がショック受けたらいかんから、転校ていうてください。学校からそういわれたんよ」

いま頃そんな真相を聞かされて、Ｆさんはぎょッとした。母は続けて、

「あの家は、母親のほうもいじめられとった。だから無理心中したと思う」

誰にいじめられていたのか訊くと、同級生の保護者たちだという。

ママ友いじめは最近問題になっているが、当時から似たようなことはあったのだろう。

いま考えると、Ｆさんのいたクラスは、なぜか転校する生徒が多かった。

Ｆさんは溜息をついて、

「親子でいじめられるなんて、かわいそう」

「ただＣちゃんが亡くなってから、緊急連絡網で変なことがあってね」

Ｃさんの連絡先は例によってバツ印で消され、その下に転校してきた生徒の連絡先が記された。ところが遠足や運動会といった催しの前日になると、同級生の家に電話がかかってくる。

電話の声は女で、学校の緊急連絡網だと名乗り、

「あすの遠足は中止になりました」

「あすの運動会は集合時間が変更になりました」

むろん嘘だが、ナンバーディスプレイもない時代とあって、誰がかけてくるのかわから

ない。しかもそうした電話は催しのたびに続いた。

うっかり嘘を信じてしまう生徒もあって、学校に苦情が寄せられた。緊急連絡網を作りなおそうという意見もあったが、Fさんが卒業するまでそのままになっていた。

「あの頃は、学校からなんべんか連絡があってね。名簿にないご家庭から緊急連絡網というて電話があるので、気をつけてくださいって」

母が近所で聞いたところでは、不審な電話がかかってきたのは、Cさんをいじめていた生徒や母親をいじめていた保護者の家だった。相手の正体に気づいたのかどうか、それらの家は急に引越したり、精神的な病を患ったりしたという。

心電図の点滅

主婦のYさんの話である。

一年前、Yさんに待望の孫が生まれた。

ただ早産だったので、出産直後は新生児集中治療室――NICUに収容された。

幸い孫の容態は安定しており、さほど心配はなかった。Yさんの娘である母親は産科の病室に入院している。

その夜、Yさんは入室許可をもらうと更衣室で手を洗った。

入念に手を洗ってからNICU用の白衣と帽子を身につけ、専用のスリッパに履きかえる。孫を撮影するために持ちこんだビデオカメラは、前もって清浄綿で消毒してある。

Yさんはようやく準備を終えてNICUに入った。在室時間は二十分だ。

室内には新生児が眠る保育器がいくつもならんでいる。子宮の内部に近づけるため照明はやや暗く、保育器には心音や呼吸をモニターする機器が装着されていた。

孫の様子をビデオカメラで撮影していたら、ふと隣の保育器が気になった。

保育器についている心電図モニターが、チカチカ点滅している。

「心電図って点滅するものだっけ――」

不審に思ったが、室内に看護師はいないし、よその子の保育器に近づくのはためらわれる。しかし異変があればアラームが鳴るはずだ。

自分にそういい聞かせて、孫の撮影を続けた。

しばらくして看護師が入ってきたので、Yさんは隣の保育器を指さして、

「あの、心電図が点いたり消えたりしてるんですけど」

ところが、いま見ると心電図は正常に動いている。看護師は笑って、

「そんなことありえませんよ。消えたらアラーム鳴りますから」

「でも、さっきは点滅してたんです」

看護師は首をかしげて隣の保育器を覗きこんでから、

「大丈夫。すやすや眠ってます」

と微笑した。まもなく在室時間の二十分になった。

YさんはＮＩＣＵをでると娘の病室に寄ってから、病院をあとにした。

そのあと自宅に帰って、夫とふたりで孫のビデオを観た。

翌日、孫の様子を見ようと、ふたたびＮＩＣＵを訪れた。

すると隣の保育器が空になっている。ゆうべの看護師はいなかったので、べつの看護師に事情を訊くと、隣にいた赤ちゃんは体調が急変して、けさ亡くなったという。

Ｙさんは心電図の点滅を思いだして、複雑な気分になった。

その夜、夫に事情を話すと、もういっぺん孫のビデオを観ようという。

「それがほんとなら、心電図が点滅するのが映ってるかもしれん」

ビデオを再生すると、夫がいったとおり隣の保育器が映っていた。

心電図モニターがチカチカするのを観て、Ｙさんは甲高《かんだか》い声をあげた。

「ほら、やっぱり点滅してるでしょ」

「たしかにそう見えるな。でも間隔が妙だ」

ゆうべは気づかなかったが、心電図モニターが点滅する間隔は一定ではなく、長短を繰りかえしている。おや、と夫はつぶやいて、

「チカッチカッチカッ。チカーッチカーッチカーッ。これってモールス信号みたいだな」

夫は若い頃、アマチュア無線が趣味だっただけに、それに気づいたらしい。

しかしモールス信号は専門でなかったから解読はできない。

モールス信号がわかる人物に解読してもらうべきか話しあったが、病院の評判にも関わることだし、赤ちゃんはすでに亡くなっている。孫と娘が入院しているだけに騒ぎを起こすわけにもいかず、表沙汰にしなかった。

「病院のミスだとは思えないけど、あの赤ちゃんがなにかを訴えていたとしたら、いまでも胸が痛みます」

とYさんはいった。

後口上

このたびセカンドシーズンを迎えることとなりました怪談五色シリーズ第四弾『怪談五色　破戒』、その末席に加えて頂いた我妻が今巻の後口上を担当いたします。

本書のタイトルにある〈五色〉とは具体的な色というより、五人の書き手それぞれの個性の色合いといった意味かと思いますが、それらが一冊のページの上で重ねられていった結果、読者の眼前に現れるのはいかなる色も呑み込む、真正の暗黒であることでしょう。

言い換えればさまざまな書き手の個性もまた、あくまでそのただひとつの闇黒を出自としており、最後にはまたそこに戻っていくというのがジャンルとしての実録怪談の条件であり、宿命なのかもしれません。ただ闇のままでは誰の目にも見えないので、書き手がそれぞれの色に変換して書く意味と必要があるのではと思います。本書には五人五様の道を通って持ち帰られた物語が並んでいます。その生々しいエピソード群に対し、解説めいたものを書いて蛇足にならない自信はありませんが、書き手の一人というより一怪談ファンの目線から以下、各作家について拙いコメントを手短に綴らせていただきます。

昨年のデビュー以来すでに二冊の単著を上梓している新進気鋭、渋川紀秀氏が描く怪談においては、怪異はほとんど諦観のように体験者を訪れるものに思えます。人々の関係のくびき、後ろ暗さ、罪の意識につけ込むようにそれが逃れがたく到来するさまが記される。だから「本当に怖いのは霊か人間か」というあの手垢のついた議論は、渋川氏の世界ではそもそも意味を為さないのかもしれません。いわばこの世とあの世は互いに映しあう鏡であり、出口など何処にもないことを粛々と、事実の提示をもって語りかけてくるようです。つぶさに映像的に描きこまれる怪異が、そこに描かれていないものの気配をかえって醸し出すところもまた、この点と関係がある気がします。つまり目に見えているものはつねに〈半分〉なのだというのが、渋川怪談が示しているこの世の実像ではないでしょうか。

現在の実録怪談の一篇の標準は短く、省略と余韻を重視する傾向があることは怪談読みならばよく知るところです。それはそれでゆえなしとはしませんが、ある特定のスタイルの偏重に疑問を持たず、安易に消費していてはジャンルを痩せ細らせるだけでしょう。

川奈まり子氏の作品は、そうした多勢の無意識の傾向とは一線を画しています。むしろ記憶をたどり、記録をひもとくことでさまざまな事物と繋がってゆくところに川奈怪談の個性が屹立しているといえます。取材と執筆の過程をよこぎっていったものが織り成す地平そのものを、一篇の怪異譚として差し出すところに圧倒的な存在感があるのです。

官能作家としてキャリアを重ねられた筆力と語彙の厚みを依代として、この世ならぬものたちを語らせるというその憑依的な怪談は本書の中でも熱く異彩を放っています。


本書がＦＫＢレーベル初登場となる丸山政也氏は、『幽』怪談実話コンテスト大賞受賞者であり、著書『怪談実話　死神は招くよ』で知られる実力派の怪談作家。筆者とは掌編怪談アンソロジーである『てのひら怪談』シリーズでご一緒したという縁があります。

端正にして簡潔な言葉の中に、ある決定的な違和感が滲み出す丸山氏の作品は、一種のルポルタージュ的な冷静さと硬質さを備えています。

また外国で体験された話が多く、日本人という異物としてそこにあることがもたらす感覚が、話の基底にすでに言い難い不安を招き寄せているように思えます。母国語の中にまぎれ込む外国語という異物の感触が、それを記述する言葉そのものを震わせるところに丸山怪談以外では味わえない、繊細な悪夢を見出すのは筆者だけではないでしょう。


筆者にとっては怪談書きとしての出発点である〈ビーケーワン怪談大賞〉の選考委員の一人だったのが、本書の掉尾を飾る福澤徹三氏でした。いわば恩人でもある福澤氏の作品について注釈じみたことを述べるのは畏れ多いことですが、それ以上に氏の怪談ほどコメント不要、解説無用の魅力をたたえた現代怪談は他に見当たらないはずです。
マニアと初心者をともに満足させる懐の深さにも関わらず、行く手に見たこともないような途方もない不気味さが必ず口をあけて待っているのが福澤怪談だといえるでしょう。市井の人々に生活があるように、怪異には怪異の得体の知れぬ営みがあり、事故のようにそれらがすれ違う瞬間が何の衒いもなく描写される。読者である我々は自分に何が起きたのか知る隙も与えられず、気がつけば因果の外へと放り出されているのです。

こと怪談に関するかぎり自作自註は読み手の想像力を妨げる恐れもあり、また手放して間もない原稿は客観的に読めないという事情もあって筆者パートについては一言に留めますが、今回原稿提出が最も遅かったのは我妻でした。皆さん〆切を守って素晴らしい、ではなく社会人として当然のことが筆者も守れるよう心を入れ替え精進したい所存です。
最後になりましたが、日々数多く刊行される類書の中から本書を選び、手にとって下さった読者の皆様に深く感謝いたします。

我妻俊樹

怪談五色 破戒

2016年12月6日　初版第1刷発行

著者　我妻俊樹　川奈まり子
丸山政也　渋川紀秀　福澤徹三
デザイン　橋元浩明（sowhat.Inc.）
企画・編集　中西如（Studio DARA）
発行人　後藤明信
発行所　株式会社 竹書房
〒102-0072 東京都千代田区飯田橋2-7-3
電話03（3264）1576（代表）
電話03（3234）6208（編集）
http://www.takeshobo.co.jp
印刷所　中央精版印刷株式会社

定価はカバーに表示しています。
落丁・乱丁本の場合は竹書房までお問い合わせください。

ISBN978-4-8019-0928-1 C0176